江戸の迷宮
会津武士道 5
詠
時代小説
二見時代小説文庫
JN076522

目次

『会津士魂』の早乙女貢氏に捧ぐ

江戸の迷宮——会津武士道 5

第一章　許されざる者たち

一

　あたりは寝静まっていた。漆黒の闇が部屋を覆っている。

　龍之介は寝床に横たわったものの、悶々として眠れずにいた。何度も繰り返して寝返りを打った。

「おまえは人殺しだ！」

　誰かの声が聞こえたような気がした。

「おまえは人を殺したんだ」

　龍之介は闇の中、あたりを見回した。人の気配はなかった。

　龍之介は深いため息をついた。

人を殺めてしまった。それも二人も斬ってしまった。

なんてことをしてしまったのか。

後悔が押し寄せて来る。

目を閉じると手に嫌な感触が甦る。

刃先が相手の軀にぬるりとめり込んでいく。まるで粘土の人形に刀を刺し込む手応えだった。

抜いた刀で正面の相手の喉元を斬り裂く。相手の顔が歪む。血潮がどっと噴き出し、己れの腕にかかる。血はぬるっとして生温かい。

生臭い血の臭いが鼻孔に広がる。血がいつまでも胸や腕にまとわりついて、いくら洗っても落ちない。

思い出しただけで、背筋にひんやりとした冷汗が流れる。さわさわと鳥肌が立って来る。

龍之介はため息をついた。

すべて、もう終わったことだ。そう思いながらも、またくよくよと思い出す。

斬った二人の死に顔が過る。

一人は刺客根藤佐衛門。もう一人は田島孝介。

もし、根藤佐衛門を斬らなかったら、自分が斬られていた。根藤佐衛門は、誰の命令でもないとはいったが、俺の命を狙った刺客。斬っても仕方がない。

もう一人は田島孝介。

田島孝介は兄真之助とかつて同じ什の仲間で、兄が信頼していた友だった。田島は、その兄を裏切った。兄が一乗寺昌輔に襲いかかった時、助太刀をすると見せかけて、油断した兄を背後から刺殺した卑怯者だ。

田島孝介を斬ったことに悔いはない。むしろ立派に兄の仇討ちを果たしたと思っている。

だが、それでも人を殺めたことに変わりはない。たとえ、斬った相手が悪人であったとしても、この後味の悪さは何なのだろうか？

龍之介は部屋の暗い天井に目を凝らした。

長い夜が終わり、東の空が白みはじめているのだろう。雨戸の隙間から、夜明け前の気配が忍び込んで来る。どこからか、鶏の夜明けを告げる声が高らかに響いて来る。

「メンッ、メン、メーン」

激しい打突が龍之介の面をしばいた。面に打ち込まれた竹刀が撓り、後頭部を鋭く叩いた。

龍之介は避けず、竹刀を構え直す。相手の方岡大膳は反撃を恐れて、素早く飛び退き、竹刀を上段に構えた。

龍之介は竹刀を下段に構え、目を閉じた。竹刀を握る手も緩め、方岡が打ち込んで来るのを待った。

方岡は龍之介の隙だらけの構えに一瞬、たじろいだが意を決して、メーンと叫びながら、竹刀を龍之介に打ち込んで来た。

ビシッと面を叩く、小気味いい音が立った。続いて胴を抜き、さらに籠手を打って飛び退いた。龍之介は激しい打突の連続にも動かず、じっとしていた。

方岡は最後に龍之介に鍔迫り合いを仕掛け、体当たりをかけた。龍之介は両足を踏ん張り、躯が揺らめくのを堪えた。

「方岡、望月、それまで！　稽古やめ」

師範の男谷信友の鋭い声が飛んだ。

方岡は、その命令に竹刀を退いた。方岡は忌々しそうに龍之介を睨んだ。龍之介も静かに竹刀を下ろした。

これまで方岡大膳は、龍之介に稽古仕合いで勝ったことがなかった。それが今日は龍之介がいつになく弱く、隙だらけで打ち込みやすかった。それがかえって、方岡には腹立たしかった。方岡は龍之介に馬鹿にされていると思い、なおのこと打ち込んでいたのだった。

男谷師範が怒鳴った。

「望月！　どうした。まったく闘う気がないじゃないか」

「…………」

「稽古をやめて、こっちへ来い」

「はい」

龍之介は、方岡に一礼した。

「ありがとうございました」

「うむ」

方岡も礼を返し、行けという仕草をした。方岡大膳は大身旗本の上士だった。気位が高く、大身旗本の己れが田舎侍の龍之介に、剣道ではいつも後れを取っていることに屈辱（くつじょく）を感じているようだった。

龍之介は竹刀を腰に携え、男谷師範の許（もと）に走り戻った。

男谷師範は、ほかの師範たちと何事かを協議していたが、龍之介のあまりのやる気のなさを見かねて、声を上げたのだった。

龍之介は面を脱ぎ、小脇に抱えて、男谷信友師範の前に立った。

男谷信友は直心影流皆伝の剣豪だ。通称精一郎。島田虎之助や榊原健吉など名立たる剣士が門下にいる。幕府に講武所創設を提唱した幕臣だ。

男谷師範は穏やかな目で龍之介を眺めた。

「どうした、望月。今日は軀の具合でも、悪いのか」

「…………」

「顔色が悪いぞ。瞼も腫れている。寝不足ではないのか」

「いえ。大丈夫です」

「何か、悩み事でも抱えておるのではないか？」

「いえ。何もありません」

「そうかな。おぬしの全身から、剣気が失せておる。隙だらけで、方岡から竹刀で打たれ放題になっておったではないか。まったく立ち向かう気力なしだ」

「…………」

龍之介は俯いた。唇を噛んだ。

剣の修行をするのは、どう言い訳をしても、結局、究極的には人を斬るためではなかったのか。竹刀や木刀で打ち合うのは、真剣で闘うための訓練ではなかったのか。それなのに、本当に人を斬ると、こんな嫌な思いをする。いったい、これまでの剣の修行は何だったのだろうか？

　龍之介は、そんな思いを男谷師範にいっても笑われるだけだろうと思った。

「何かあったな」

　男谷師範は龍之介の顔を見て、小声でいった。

「わしに話してみろ」

「…………」

「そうか。ここではいえんか。話なら、いつでも聞くぞ。自分の中だけに留めるな」

「はい」

「明日は休みだ。今日は、もう稽古をせんでもいい。引き揚げて、ゆっくり休め」

「はい。分かりました」

　龍之介は力なく答えた。

「悩むのは、若者の特権だ。悩む時は、大いに悩め。それが、いつか役に立つ」

　男谷師範は笑いながら、龍之介の肩を軽く叩いた。

「失礼します」

龍之介は男谷師範に一礼し、控えの間に引き揚げた。ため息をついた。

稽古着を脱ぎ、普段着に着替えた。

情けない。これしきの悩みで、男谷師範に相談するつもりはなかった。自分がしっかりせねばならぬ、と龍之介は思った。

二

午後、講武所の授業を終えた龍之介は、猪牙舟で、会津藩上屋敷に上がった。夕方、西郷頼母の御供をし、赤坂の勝海舟邸を訪ねることになっていた。

勝海舟には恩義がある。

龍之介は頼母の紹介で、勝海舟と初めて面談した。勝海舟の推薦で、龍之介は講武所への入所を果たすことが出来た。

講武所には軍艦教授所が開設されていた。勝海舟は、その軍艦教授所教授方頭取出役だった。

勝海舟が、長崎に海軍伝習所を開き、オランダ軍人から伝習生たちに西洋式海軍の軍事技術や操船術だけでなく、造船や医学、語学など、西洋文化を学ばせているという話は、会津にいる時に先生たちから聞いて知ってはいたが、その内容や目的については、あまり理解していなかった。会津という山国にいて、海からの異国の脅威について、ほとんど知らなかったせいもある。

　頼母と龍之介が勝邸に着くと、書生が現われ、すぐに応接間に通された。

　龍之介は目を見張った。応接間は、畳の間ではなく、絨毯（じゅうたん）が敷かれた西洋式の部屋だった。部屋の中央に丸テーブルがあり、その周りに背凭（せもた）れの付いた椅子が置かれている。

　龍之介は椅子に座るのは畏（おそ）れ多いと、絨毯の上に膝を折って正座した。

「ははは。龍之介、おぬしも椅子に座れ」

　頼母は笑いながら、背凭れの椅子に自ら、どっかりと腰を下ろした。

「は、はい」

　龍之介は頼母に促され、隣の椅子に腰かけた。正面の漆喰（しっくい）の壁には、額縁に入った西洋画が掛かっていた。荒海を航海する黒船が描かれた絵だった。

　右手には飾り棚があり、和蘭（オランダ）書が並んでいた。棚の上に三本柱の帆船の模型があった。円形の舵輪（だりん）が壁に掛かっている。

　左手は障子戸だった。障子戸の外は庭らしい。鹿威（ししおど）しの澄んだ音が聞こえて来る。

障子戸を通して、外の光が部屋の中を明るくしていた。

背後の出入口の洋風の扉が開き、小柄な勝海舟の軀が部屋に入って来た。

「お待たせした」

龍之介は慌てて椅子から飛び退き、絨毯の上に平伏した。

「勝先生、その節は、お世話になりました。ありがとうございました」

「おいおい、そう畏まるな。椅子に座れ」

勝の声が平伏した龍之介の頭上に響いた。

「龍之介、勝先生も、そうおっしゃっておる。椅子に戻れ」

頼母も笑いながらいった。

「では、失礼いたします」

龍之介は立ち上がり、勝海舟に頭を下げ、元の椅子に戻って腰を掛けた。

勝海舟はテーブルの向かい側の椅子にゆったりと腰を下ろした。

勝は龍之介に笑顔を向けた。

「望月龍之介だったな。どうだい、講武所の生活は、もう慣れたかい」

「はい。すっかり慣れました」

「龍之介は、陸軍専攻だったな」

「はい。陸軍専攻です」

「どうだ、海軍に移らぬか？　これからは、陸よりも海の時代だぞ」

「それがし、子どものころから、ずっと会津の山育ちで海をまったく知らないんです。江戸へ来て、初めて海を見ました」

「そうか。で、海についてどう思ったかな」

龍之介は答えに詰まった。一言ではいえない。

初めて海を見た時には、晴れた空の下だったので、その青々とした海原に見とれた。浜辺に打ち寄せる白波が美しいと思った。

水平線まで見渡せる海は広大で、あの水平線の彼方に異国があるのかと思うと、世界の広さを実感した。一度は自分も異国に行ってみたいとも思った。

海の水を口に入れた時、その塩っ辛さに驚いた。話には聞いていたが、川や湖の水とは、えらく違う。

水練で初めて海に浸かった時、波を被って海水を飲み、危うく溺れそうになったこともある。海は川の水と違い、軀が軽くなり、泳ぎ易かった。しかし、海には海の水練の方法がある。それを身につけるため、龍之介は水練初級課程を受け、一から海の泳ぎ方を習っている。

「はい。正直いって、海は恐いです。川や湖ならいいのですが、海となると深いし、広すぎて、不安になります」

勝海舟は腕組みをし、微笑(ほほえ)んだ。

「わしも海は恐い。いくら慣れても、海は危険で恐い。だが、その危険な海を、船で乗り切るのも、これまたおもしろいものだぞ」

龍之介は勝海舟の背後の壁の絵に目をやった。

「そうだ。あんな風に荒れる海を、船で乗り切るんだ。そうやってメリケンやエゲレスに行くんだ。痛快だと思わないか」

「たしかにおもしろそうですね」

龍之介は帆船や蒸気船で大海に踏み出すことを想像した。海軍志望の伝習生たちは、すでに勝たち教授の指導の下(もと)、練習船で操船術を習いはじめている。

龍之介は一応陸軍専攻だったが、海軍もおもしろいかも知れないと思った。

勝海舟は立ち上がり、部屋の隅にある机から、球体の模型を持って来て、テーブルの上に置いた。球面に模様のような絵図が描いてある。ローマ字で何事かが記されていた。

「これは、地球儀っていうんだ」

「地球儀ですか」

龍之介は日新館の地理や天文学の授業で、地球儀の話を聞いたのを思い出した。世界は平らではなく球形になっているとも、習った。我々は、地球という球体の上にいるのだ、と。

「この小さな島がジャポン、つまり我々が住む日本だ」

勝海舟は球体の上の小さな島の形を指差した。ついで、球体をぐるりと回し、大きな陸地を指差した。

「ここが、メリケン大陸だ。黒船はこのメリケンから、はるばる海を渡って日本にやって来たってわけだ」

「……こんな遠くから」

勝は地球儀をくるりと回し、メリケン大陸から小さな島ジャポンまでの海を示した。

龍之介は地球儀に見入った。勝海舟は愉快そうに、また球体を回し、別の大陸の端を指差した。

「ここがエゲレス、そして、オランダ、フランスがある。ロシアはここ、お隣の清国は、ここだ」

勝海舟は楽しそうに地球儀の地図を説明した。

「龍之介、世界はでけえだろう？」

「はい。でかいですね」

龍之介はうなずいた。

「日本なんか、ちっぽけな島国だぜ。その島国にあって、攘夷だ尊皇だ、開国だ鎖国だ、幕府だ、会津だ薩摩だ長州だと騒いでいるなんて、見っともねえ話じゃねえかい」

「……そうですねえ」

「おめえさんたち若いもんは、狭い島国に留まらず、どんと海外に雄飛せねばな。おい、頼みにしてるぜ」

「はい」

龍之介は勝海舟の話に面食らいながら、うなずいた。

扉が開き、書生が盆に載せたお茶を運んで来た。

「先生、お茶を用意しました」

「茶もいいが、グラスを三つ持って来てくれ。ロッシュから貰った葡萄酒がある。それを飲みたい」

「はい。畏まりました」

書生はテーブルに茶碗を並べた後、応接間から出て行った。

西郷頼母が穏やかに口を開いた。

「勝さん、今日、こちらに伺ったのは、いま、どうなっているのか、知りたくて」

「分かっている。大老のことだろう？」

勝海舟は腕組みをして、大きくうなずいた。

「そうなんです。我が藩の御上も、事態の推移を見て、心配しているのです」

「いま、会津は動かない方がいい。大老の天下がいつまで続くか分からんからな。下手に手を出すと火傷をする」

「さようでござろうな」

頼母も腕組みをし、考え込んだ。

いま、江戸幕府はふたつの問題を抱えて大揺れに揺れていた。

一つは日米修好通商条約の締結問題、もう一つは将軍継嗣問題だった。

日米修好通商条約の締結では、孝明天皇の勅許が得られず、難航していた。一方の将軍家定の後嗣問題は、一橋慶喜を推挙する一橋派と、紀州藩主徳川慶福を推す南紀派とに分かれて争っていた。

四月、南紀派の井伊直弼が大老に就くと、天皇の勅許を得ないまま日米修好通商条約に調印した。併せて、六月には、井伊直弼大老は将軍後嗣に一橋派の反対を抑えて、徳川慶福（後に家茂）を指名し、強引に将軍の座に就けた。

福井藩主松平慶永（春嶽）、水戸藩の徳川斉昭・藩主慶篤父子、尾張藩主徳川慶勝らが猛反発したが、井伊直弼大老は、これは家定の考えだとして、家茂を将軍に就けた。ついで、大老は、前水戸藩主徳川斉昭を永蟄居に処し、一橋慶喜、福井藩主松平春嶽、尾張藩主徳川慶勝、老中堀田正睦、宇和島藩主伊達宗城ら一橋派を軒並み隠居や謹慎の処分にした。

勝海舟は静かにいった。

「会津は動かぬ方がいいぜ。いまは寝たふりしているのが一番。そのうち、揺り戻しがある」

「それがしも、勝さんと同じ意見ですな。御上にそう申し上げています。ともかく、いまは動かず、嵐が去るのを待つのが得策だと」

「ちげえねえ」

扉が開き、書生が盆にギヤマンのグラスを三つ揃えて入って来た。

「おう来たか来たか。ロッシュからの贈り物を出してくれ」

勝は嬉しそうに両手を揉んだ。

「はい、ただいま」

書生は書棚のガラス戸を開き、中から赤黒い瓶を一本取り出し、丸テーブルに載せた。勝は慣れた手付きで、栓抜きを瓶のコルク栓に捩じ込み、音を立てて抜いた。

「龍之介、おめえさんは、まだ飲んだことがねえだろう。これはボルドー産の葡萄酒だ」

勝は瓶を傾け、赤黒い液体を三つのグラスに注いだ。

「まあ、乾杯しよう」

「乾杯」

勝と頼母は手慣れた様子でグラスを取り上げ、鼻の前でグラスを揺らし、赤黒い液体の香りを嗅いだ。それから、二人はおもむろに口に少量ずつ含んで味わいながら飲んだ。

龍之介は二人の真似をし、グラスに鼻を寄せ、香りを嗅いだ。初めて嗅ぐ甘酸っぱい芳香だった。ぐいっと飲んではいけないらしい。見よう見真似で、赤黒い液体を口に含んだ。まろやかな葡萄の味が舌の上に広がった。

悪くない味だ。飲み込むと、ほのかな香りが喉元を下りていく。

「どうだ、うまいだろう」

「まだ、それがしには分かりません……」

龍之介は頭を左右に振った。

「分からないか。だが、飲みやすいだろう？　西洋では、食事の時に水代わりに飲むらしい」

龍之介はグラスを掲げた。

「この酒は強いんですか？」

「うむ。下り酒ほど強くはないが、飲めば酔う。酒に変わりはない。飲みやすいからと、あまり飲むな。後で急に酔いが回って来る。飲み過ぎると悪酔いするから気をつけろ」

勝はにんまりと笑い、頼母と目配せしながら、グラスの葡萄酒をゆっくりと飲み干した。

勝は酒が入ると、さらに雄弁になった。

「大老はこちこちの石頭だ。海防のことなんぞ、ちっとも分かっちゃいねえ。エゲレスやフランスに対抗するには、海軍を強化しなければなんねえ。海軍を強くするには、操船技術や船の大砲を撃つ技術を持った人材を大勢育てねばならん。海軍士官や水兵を育てなければ、いくらいい軍艦を買い込んでも、船を動かせねえ。西洋式軍事技術の導入には、たしかに金がかかる。だが、金はほかから回せば、なんとかなる。あの石頭のこんこんちきは、金をけちって長崎の海軍伝習所を閉鎖しろっていいだした」

「そうですか」頼母はうなずいた。

勝は空になった頼母と自分のグラスに葡萄酒を注いだ。龍之介は恐る恐る葡萄酒を啜った。勝は続けた。

「それだけならまだしも、大老はあろうことか、軍艦奉行の永井尚志を罷免しやがった」

「永井尚志殿と申されると？」

「永井はしばらく長崎の海軍伝習所の総監理をしていた優秀な男だ。オランダ語ができるので、幕府でも一、二を争う外国通だ。それで、幕府は永井と岩瀬忠震の二人を重用し、外国奉行に就けた。二人は、ロシア、オランダ、エゲレス、フランスとの交渉を進め、日露、日蘭、日英、日仏通商条約を結んだ。その功績が認められ、永井は軍艦奉行に就いた」

「なるほど。立派な方ですな」

「そうだろう？　永井は海軍伝習所の伝習生たちの一部を連れ、軍艦観光丸を操船して江戸に乗り込んで来た。永井が築地に来てくれたおかげで、講武所に軍艦教授所が開設できたんだ。ところが、永井が一橋派だったため、井伊直弼は大老になったとたん、軍艦奉行の永井を罷免してしまった」

勝海舟はやってられない、と頭を振った。

「せっかく海軍創設が軌道に乗りかけたところだというのに、これでは我が国はいつまでたっても、外国に追い付けやしねえ」

「そうですな」

頼母は葡萄酒を飲みながら相槌を打った。龍之介は初めて聞く話に茫然とするばかりだった。

「頼母さんよ、いま、我が国の周辺の事情は、どうなっていると思う？」

「さあ」頼母は頭を左右に振った。

「ロシアもエゲレスもフランスも、隙あらば、我が国を植民地にしようと虎視眈眈と狙っている。たとえば、カムチャッカ半島に海軍の本拠地を持つロシアは蝦夷地を狙っている。カムチャッカは、冬になると流氷で港が使えない。だから、ロシアは蝦夷地を植民地にし、不凍港を造りたい」

「蝦夷地の防備も固めねばならないというわけですな。しかし、我が国には蝦夷地を守る力はない」

「いまのところは、英仏に頼めば、ロシアを追い払ってくれるからいいが、その英仏も油断できん。いまは、英仏は互いに牽制しあって、我が国にいい顔を見せようとしている段階だからな」

「その点、オランダは、どうなんです？」

「オランダは昔から我が国の友好国ですからな」

「ただし、オランダが我が国を狙わないのは、英仏ロシアなどの列強と争う国力がないからだ」

「艦隊を率いて乗り込んで来たメリケンも、我が国を植民地にしたい、と狙っているんでしょうな？」

「オランダの話では、メリケンは、長い間エゲレスの植民地だったが、エゲレスと戦争して、自由と独立を勝ち取った国だそうだ。ペリーの艦隊がやって来たのも、我が国を開国させ、メリケンと通商条約を結んで、交易する目的のためだ。英仏のように、メリケンは我が国を植民地にしようっては考えてはいねえそうだ。むしろ、最恵国になって、有利な条件で貿易したいと考えているらしい」

「オランダのいうことは信じられますか？」

「信じるしかあるめえ。オランダは、我が国に海軍力を高めることを勧めている。清国は、海軍力がないために、英仏艦隊に屈伏させられた。オランダは、英仏ロシアと対抗するためには、海の向こうのメリケンと仲良くしておくのがいい、といっている」

「メリケンと仲良くする？　なぜ、オランダは、自国のことはいわないのですかね」

勝は地球儀をくるりと回した。

「オランダは遠い。オランダは英仏に対抗する国力がない。それに対して、海を挟んだ対岸にあるメリケンは、エゲレスの植民地から独立して間もないが、これから英仏をしのぐ大国になるだろうとオランダは見ている。いまのうちに我が国がメリケンと仲良くしておけば、ロシアも英仏も、そう簡単には我が国に手を出すことができないというのだ」

勝はまた酒瓶を傾け、頼母と自分のグラスに葡萄酒を注いだ。龍之介のグラスも空になっているのを見て、葡萄酒を注いだ。

障子の外は、だいぶ暗くなっていた。部屋の中も薄暗い。

勝海舟は葡萄酒の残り全部を、龍之介のグラスに空け、大声で書生を呼んだ。扉越しに書生の声が聞こえ、扉が開いた。

「暗くなった。明かりを持って来てくれ」

書生は返事をし、扉の陰に消えた。

勝は腰を上げ、またガラス戸の書棚の奥から、葡萄酒の瓶を一本取り出した。

「龍之介、今度はおぬしが開けろ」

勝は栓抜きを龍之介に渡した。

また扉が開き、書生が両手に明かりの点いたランプを提げて入って来た。いっぺんに部屋の中が明るくなった。

「では、御免」

龍之介は螺旋状の金具が付いた栓抜きを手にした。先程の勝の開け方を思い出しながら、コルク栓に螺旋状の金具を捩じ込み、力一杯、栓抜きを引っ張った。だが、なかなか栓は抜けない。

頼母が傍らからいった。

「焦るな。ゆっくり、少しずつコルクを引っ張るんだ。そうすれば、抜ける」

やがて、ポンと空気が抜ける音が響き、コルク栓は抜けた。

「龍之介、おぬしが酒をお注ぎしろ」

頼母が顎で促した。

「はい。では」

龍之介は、慌てて栓が抜けた瓶を両手で持ち、勝と頼母のグラスに葡萄酒を注いだ。

二基のランプの明かりに照らされたギヤマンのグラスがきらりと光る。

龍之介は葡萄酒の酔いのせいか、いくぶんか心がほぐれていた。

勝は葡萄酒を口にしながら、頼母に話しかけた。

「メリケンのハリス領事がいうには、エゲレスとフランス連合軍は、アロー号事件をきっかけにして清と戦争をしていたが、どうやら英仏連合軍が勝利して終わる見込みだ。戦争の間、英仏両国は我が国に目を向ける余裕がなかったが、アロー戦争が終決に近付いたので、今度はこちらに軍の矛先を向けて来るというのだ」

「ほほう」

「だから、ハリスは幕府に一刻も早く、日米修好通商条約を結ぼうと迫った。日米が仲良くなっていれば、英仏は容易には手を出せない、というんだ。大老はそれを真に受けて事を急いだらしい。勅許なしも止むなしと、日米修好通商条約を進めた」

頼母は頭を振った。

「尊皇攘夷派は黙ってはいないでしょうな」

「うむ。黙ってはおらぬだろうな。いま、わしのところに入った情報では、都の方で尊攘派が朝廷に働きかけ、幕府の決定を覆させようと工作しているってえ噂だ」

「何をやるんでしょうかね？」

「内緒の話だが、どうやら、天皇が水戸藩や薩摩藩、長州藩などに、幕府をなんとかせいと密勅を出すらしい」

「密勅ですか？　何をやろうというんですかね」

「戦だよ。石頭の大老をやっつけろってことだから、戦しかあるまいて」

「誰が、そんなことをいっているんですか？」

「水戸藩の京都留守居役とか、橋本左内、頼三樹三郎、梅田雲浜、吉田松陰とかいった志士たちだ」

「うまく行きますかね」

「わしのところまで情報が入っているとなると、大老には筒抜けだろうぜ。これから、大老による弾圧の嵐が吹き荒れるぜ」

「我々は、やはり……」

「いまは動かないことだ。下手に口出しすれば、火の粉を被ることになる」

勝はにやりと笑いながら、赤葡萄酒をぐびりと音を立てて飲んだ。龍之介も思わず、つられてグラスの葡萄酒を飲んだ。

「ともあれ、困ったことだぜ。周囲には、羆や虎、狼が涎を流して、我々を狙っているってえ時に、内輪揉めしてるんだからな。そんなことよりも、列強に伍するような海軍や陸軍を創ることが先決だってえのが、なんで分からねえのかねえ」

「まったくですな。いま、国内で内輪揉めしている時ではないですな」

頼母がため息をつき、ゆっくりとグラスを空けた。

「ところで、勝さん、先日のお話では、最近の我が国の出来事には、どうも背後に陰謀工作の臭いがする、ということでしたが、今度の井伊直弼大老についても、何か陰謀の臭いがしますか?」

勝はにやっと笑った。

「臭いがする。ぷんぷん臭うな。きっと井伊直弼大老は、誰かの計略に乗せられている」

「誰の計略だというのです?」

「誰かは分からねえ。だけど、あの石頭一人の考えでできることではない。背後で大きな絵を描いている連中がきっといる。井伊直弼を陰で操る連中だ」

「陰で操る連中?」

頼母は腕組みをし、思案顔になった。龍之介は何の話か分からず、聞耳を立てながら、グラスの葡萄酒を手にしていた。

「井伊大老がやることで、得する連中だよ。そいつらが陰謀工作の主だ」

「得する者たちというのは、いったい誰ですか？」

勝海舟はグラスを持ち上げていった。

「幕府を裏切る、許されざる者たちだ。そいつらは、幕府を裏切るだけでなく、本当は国を裏切っている許されざる者たちだ」

勝はそういってグラスの葡萄酒を飲み干した。

「その、国を裏切る者たちとは、いったい、誰なのです？　教えてください」

「それが分かれば、ことは簡単だ。そいつらを叩き潰せばいい。そいつらの正体が分からないから難題なんだ」

「正体が分からないのですか？」

「おおよその見当は付いている。だが、誰なのかはいうことができないんだ」

「どうしてです？」

「許されざる者は、わしかも知れないし、おぬしかも知れないからだ」

「勝さん、何をおっしゃるのです。それがしは、幕府や国を裏切ってはいませんぞ」

頼母は憮然（ぶぜん）とした顔をした。龍之介は、二人が禅問答をしているようで、わけが分からず、きょとんとしていた。

勝海舟は瓶を取り上げ、頼母と自分の空いたグラスに葡萄酒を注いだ。ついで、龍之介のグラスを見たが、半分ほど残っているのを見て、飲めという仕草をした。

龍之介は慌てて葡萄酒を飲み干した。勝はにやにやしながら、葡萄酒を龍之介のグラスに注いだ。

「頼母さん、わしらも、知らないうちに国を裏切っているかも知れないということなんだよ。わしらも将棋の駒となっているのかも知れないとね」

頼母は腕組みをし、首を捻った。

「ううむ。勝さんの話は分かるようで、よく分かりませんな」

「こう考えるといい。いま、誰かが書いた台本を基に、大芝居が打たれているとね。芝居に登場するのは、井伊直弼とか家茂将軍、一橋慶喜、孝明天皇とかいった主役たちだ。脇役も大勢いる。みんなで演じているのが、安政という大芝居だ」

「なるほど」と頼母。

「表芝居は、井伊大老とか将軍たちが主役だが、その舞台裏では、表芝居とは別の主役たちの、公卿（くぎょう）や薩長（さっちょう）、水戸、土佐（とさ）、福井、宇和島の志士たち、エゲレス公使やフランス公使たち、豪商や武器商人たち、それぞれが役どころを演じていると思いねえ」

「なるほど」

「表舞台の主役たちは、自分たちが芝居を演じている、世の中を動かしていると思っているがとんでもない。裏で演じる役者たちの芝居の方が、実は本当に世の中を動かしているのではないかってことさ」

龍之介は思わず声を上げた。

「分かりました。では、芝居見物しているそれがしも、許されざる者の一人かも知れない、というのですね」

勝はにやっと笑った。

「そうだ。何もせず、ただ傍観していれば、それも許されざる者になるのが掟だ。誰もが、芝居での己れの役どころを見付けて、しっかりと演じなければならないんだ」

「しかし、その芝居で、誰かが得をしようというのでしょう?」

「そうだ。芝居を悪用して得をしようという連中がいたら、その芝居を打ち壊し、別の芝居にする。それには芝居の裏を見破らねばならないんだ」

「……どういうことか、わしには、まだよく分からないですな」

頼母が渋い顔をした。勝はうなずいた。

「悪役は、必ず悪人とは限らない。ある場面では、悪役であっても、別の場面では善人になる。わしたちは、相手の役回りを見ながら、正しく対応すればいいということだ」

「もっと具体的にいっていただければ、いいのですが」

「たとえば、フランスとエゲレスだ。どちらも、我が国を植民地にしようと思っている悪い国だ。もし、わしらが英仏双方を競わせ、どちらかを選んで利用すれば、善として使えるということだ。悪も使いようによっては、善にもなるということさ」

勝は意味深そうに笑った。

龍之介は勝海舟と頼母の問答を聞きながら、だいぶ酔いが回って来たのを覚えた。今日は、寝不足と食欲がなかったせいで、朝からほとんど何も食べていなかった。そのため、葡萄酒で急に酔いが回って来たのかも知れない。

「龍之介、顔色が悪いぞ。どうした?」

頼母が心配顔できいた。龍之介は突然、吐き気に襲われ、胸を押さえた。

「厠(かわや)は廊下に出た先にある。行け」

「はい」

龍之介は立ち上がった。頭がくらくらした。

扉が開き、書生が部屋に飛び込んで来た。

「こちらへ、どうぞ」

龍之介は書生に支えられ、廊下に出た。込み上げて来る嘔吐(おうと)を堪(こら)えて厠へと急いだ。

頭の中で、世界がぐるぐると回っていた。

三

午前の部の座学の授業が終わり、午後の部が始まる前の昼休みになった。

講武所講堂の板壁に、新しい学生部隊の編成表が貼り出された。

幕府は軍制改革の一環として、講武所で海軍士官養成のための軍艦教授所を設けたが、その一方で、講武所に近代陸軍創設のための人材養成に乗り出した。

近代軍を創る動きは海軍が先行した。軍艦教授所の教授には、勝海舟をはじめとする長崎の海軍伝習所で養成された日本人教官が主体となった。

だが、陸軍の方は、そうした養成機関はなかった。そのため幕府は密かにフランス軍人を軍事顧問に招き、フランス軍を見習った近代軍創りを試みようとしていた。その手始めとして、フランス軍事顧問の指導の下、教導部隊として、学生隊の編成を行なうことになった。

そのため、学生隊は、フランス軍式編成になっていた。学生隊は、一個大隊だけしかなかったが、なぜか、レジマン（連隊）と呼ばれた。

一個分隊は原則十人からなり、四個分隊が集まり、一個小隊四十人になる。この小隊が四個集まり、一個中隊となり、隊員数はおよそ一六〇人になる。

さらに、その中隊が四個集まり、一個大隊となる。大隊はおおよそ六〇〇人だ。正確には、大隊は六四〇人になるはずなのだが、実際には、病気や負傷などでの欠員があるので、定員数通りではない。

正規の軍隊編制では、この大隊が、さらに三個あるいは四個集まり、一個連隊になる。この連隊が三個か四個集まって、旅団や師団という編成になる。

龍之介が入所したころの講武所は、まだ近代軍隊の士官学校とか幹部養成学校の体をなしていなかった。

発足当初は、黒船の出現に脅威を覚えた幕府が大慌てで創った武芸訓練所だった。とりあえず、旗本や御家人、士分ではない役人の子弟を集め、剣術や銃の射撃などを訓練して、即席の軍隊に仕立てあげようとしたものだ。

だから、発足したての講武所には、砲術科、剣術科のほか、弓術、槍術、柔術などの科があった。そのうち、弓術科や柔術科は、時代にそぐわないので廃止されたが、残る科も実態はやはり時代遅れで、集団戦を基本とする近代戦にそぐわないものだった。

幕府は、密かにフランス軍事顧問を雇い、その指導により、ようやく近代軍隊の歩兵科、騎兵科、砲兵科などが創られ、教練の内容も集団戦を主とするように変更された。

しかし、龍之介たちの剣術は、近接格闘戦や指揮官の精神修養に必要として、引き続き歩兵科の必修科目として残された。

講武所の敷地内に学生隊の兵舎が建てられ、外から講武所に通っていた旗本御家人の学生たちは自宅からの通学を禁止され、兵舎住まいを命じられた。

だが、これも、あくまで原則で、有力な大身旗本の子弟などは親の権威を利用したり、何かと口実を設け、自宅から通うことが許されていた。

龍之介と笠間慎一郎（かさましんいちろう）も会津藩下屋敷が、築地の講武所のすぐ近くにあったので、兵舎住まいをせず、毎日、下屋敷から歩いて教練に通っていた。

龍之介は兵舎での集団生活をしようとしたのだが、兵舎は寝台が少なかったので、幕臣優先ということで入営を拒まれた。幕臣ではない他藩の学生は、新兵舎が出来るまで外からの通いということになっていた。

こうして、新しく編成された学生隊は、明後日から正式に発足し、集団訓練が開始されることになっていた。

学生たちは編成表に自分の名前を見付け、あちらこちらに集まって、ひそひそと話をしている。学生たちは、フランス軍人風な、真新しい白いズボンに濃紺の筒袖上着の制服に身を包み、濃紺の鍔付き軍帽を被っていた。

見かけだけは、フランス軍兵士そっくりだった。中には身長や体形が制服に合わず、服がだぶだぶに見える者もいる。みんな着馴れない制服姿なので、互いに指差しては笑い合っていた。

龍之介も学生隊編成表を見上げ、自分の名前が端っこに載っているのを見付けた。

「第一学生連隊第一大隊第四中隊　隊付・望月龍之介」とあった。

同じ第四中隊に会津藩士の笠間慎一郎の名もあったが、やはり「隊付」となっていた。

隊付とは、いったい何なのか？

龍之介も笠間も、十人編成の分隊の中には名前がない。ということは、員数外ということなのか？　いったい、どうなっているのだろうか？

編成表と並んで、跡部良弼総裁名の命令が表記されていた。

学生隊員諸君は、自分の所属部隊を確認後、直ちに所属の中隊本部に出頭し、中隊長に着任を申告せよ云々。

龍之介は編成表を見上げ、ずらりと並んだ中隊長名から第四中隊長の名前を確認した。

第四中隊長　竜崎剛介教官とあった。

小隊長たちの中には方岡大膳の名があった。どうやら、中隊長や大隊長は、教官が務めるが、小隊長や分隊長は学生たちの中から選抜されるらしい。

第四中隊の隊員たちの名前を目で追った。見知った隊員たちの名が何人か並んでいた。剣道場で鎬を削っている稽古相手もいる。

龍之介はいくぶん落ち着き、制服姿の隊員たちを見回した。顔見知りになった奥野左衛門を見付け、手を上げたが、なぜか奥野は、顔を背け、仲間たちと連れ立って、兵舎の方に駆けて行ってしまった。

制服姿が恥ずかしいのかも知れない、と龍之介は苦笑いした。やや小太りの奥野が、制服に身を固めると、急に精悍に見えた。そういってやろう、と思ったのに。

龍之介は、もう一度、編成表を見渡し、自分と笠間慎一郎以外に「隊付」と表記された隊員がいないのを確かめてから、おもむろに講堂に隣接した講武所本部の教務部に出向いた。

教務部の部屋は人が出払い、閑散(かんさん)としていた。紋付の羽織を着た中年の事務官が一人だけ、机に向かって書類に筆を走らせていた。

「失礼します。お忙しいところ、たいへん申し訳ないのですが、一つお尋ねしてもいいでしょうか」

龍之介は事務官の傍らに立って、腰を折って挨拶した。

「何かね。このくそ忙しい時に」

中年の事務官は筆を止め、さも面倒臭そうに龍之介をじろりと見た。

「きみは、本学の学生かね」

「はい」

「学生なら制服を着て来なければいかんだろう。そんな汚れた普段着姿でいいと思っているのかね」

龍之介はいささかむっとしたが、我慢して自分の身なりを見た。いつもの小袖に袴を穿いた格好だった。教練用には、稽古着と稽古袴を風呂敷に包んで持参している。

教官から学生は制服を着るようい われてはいるが、龍之介にはまだ制服は支給されていない。

「なに、まだ支給されていない？　そんなはずはない」

事務官は居丈高（いたけだか）にいった。

「支給されてないものは、ないんです」

龍之介は語気を強めて答えた。事務官もむっとした顔でいった。

「貴様の姓名、階級、兵科と所属部隊をいえ」

「望月龍之介、階級なし、歩兵、第一学生連隊第一大隊第四中隊隊付です」

「ですではない。であります、だ。言い直せ」

事務官は声高に命じ、分厚い学籍簿の書類綴じを開いた。

「第一学生連隊第一大隊第四中隊隊付であります」

龍之介は大声で復唱した。事務官はぶつぶつと呟きながら、学籍簿をぱらぱらと捲（めく）った。

「第四中隊の望月龍之介か……」

事務官は学籍簿の龍之介の頁を一目見て、ぱたりと学籍簿を閉じた。

「それで、何をお尋ねかな？」

事務官の口調があらたまった。さっきまでの居丈高な態度もなくなっていた。

「講堂に貼られた学生隊編成表を見ると、それがしと笠間慎一郎の二人だけ、第四中隊の隊付とありましたが、隊付というのは、どういうことなのでしょうか？」

「その名の通り、隊付です」

「第四中隊の隊付というのは、隊員ではない、ということですか？」

「はい。そうなります。あとは大隊長か直属の中隊長にお尋ねください」

事務官は緊張して手がかすかに震えていた。中年の事務官は、さっきまでは横柄に龍之介を見ていたのに、いまでは目を合わせようともしない。

「ありがとうございました」

龍之介は、内心可笑しかったが、なぜか、緊張している事務官が気の毒になり、礼をいって離れた。

戸口で振り返ると、事務官は慌てて立ち上がり、龍之介に頭を下げた。

龍之介はあの学籍簿に、自分のことについて何が書かれていたのか気になったが、戻って事務官に訊くのも面倒だったので諦め、講堂前の庭に出た。庭は練兵場の広い敷地に繋がっている。

練兵場の先には白い浜辺が広がっていた。松の木が何本も枝を伸ばして立っている。

松の木の根元には、六門の大砲がやや間隔を空けて、砲身を海に向けて並んでいた。

海が太陽の光を反射してきらめいていた。

沖合には三本檣（マスト）の軍艦が二隻、ゆったりと停泊し、波に揺られていた。

海軍軍艦教授所の練習に使われている軍艦咸臨丸（かんりんまる）と軍艦観光丸だった。

龍之介は両手を広げ、深呼吸をした。海から吹き寄せる南風が、汗ばんだ軀を優しく冷やしてくれる。

空を見上げると、天空を何羽もの鳶（とび）が、大きな輪を作って飛翔していた。時折、鋭い鳴き声が聞こえた。

平穏で静寂だった。こんな静かで穏やかな日々があったのを忘れていた。

もう二度と人は斬るまい、と龍之介は心の中で誓うのだった。

突然、軽快な太鼓の音が轟き、甲高い笛の音が鳴り響いた。練兵場の東側から十数人の鼓笛隊（こてきたい）が歩調を取って現われた。小太鼓が律動よく打ち鳴らされ、笛が音頭を取る。

鼓笛隊の演奏に合わせて、水兵たちが松林の陰から、隊列を組んで歩調を整えて歩いて来る。

海軍軍艦教授所の伝習生たちの行進だった。

全員、白いセーラー服姿で一糸乱れず、練兵場に歩んで来る。見事な行進に、龍之介は手を翳(かざ)して見蕩(と)れた。

講堂から出て来た学生隊の面々も、みな立ち止まって、セーラー服姿の伝習生たちの行進に見蕩れていた。

「おい、望月、どうした」

龍之介は肩をぽんと叩かれ、振り返った。

笠間慎一郎の笑顔があった。笠間慎一郎は会津藩士で、卒業は飛び級の龍之介と一緒だったが、日新館の一つ先輩だった。笠間は山本覚馬(やまもとかくま)先生の砲術指南を受け、優秀な成績だったので、講武所に派遣され、さらに近代砲術を学んでいた。

「あ、笠間さん」

「おれはこれから中隊本部に行く。おまえは、もう中隊長に申告し終わったのか？」

「いえ、まだです」

「じゃあ、一緒に行こう」

笠間は顎で新しい兵舎を指した。

兵舎に隣接して平屋建ての建物がある。その建物に学生隊の大隊本部が置かれていた。第四中隊本部は、その大隊本部の建物の一部屋にある。第四中隊長の竜崎大尉は、そこに詰めているはずだった。

龍之介は笠間と並んで歩きながら訊いた。

「笠間さん、見ましたか。笠間さんも、それがしも、隊付となっていましたね」

「ああ。だから、中隊長に会って、どこかの小隊に潜り込ませてもらおうと思っている」

「隊付というのは、無任所ということですかね」

「おれたちは、会津藩士だろう。それで、幕臣だけの隊から外されているんだ」

「しかし、西郷さんからは、会津藩士でなく、幕臣として扱われることになっている、と聞いていたのですが」

「そんなのは、あてにならんよ。おれたちは、彼らからすると厄介者扱いになっている。だから、こちらから積極的に相手に近付かないと、いつまでも余所者扱いされるだけだ。それがいやだったら、我らの方から切り込まないと、相手にしてくれんぞ」

なるほど、と龍之介は思った。

やはり、笠間先輩は、何事にも前向きで積極的だ。おれも見習わねばならない。

笠間は大隊本部の建物の入り口の前に来ると、足を止めた。

「ところで、龍之介、おぬし、みんなから恐れられているぞ」

　龍之介は、そういいながら、きっとあのことだろう、と察した。

「噂が学生たちに広まっている。おぬしが、人を斬り殺したと。人を殺しておいて、何事もないような顔をして平然としているってな」

「…………」

　龍之介はなんと返事をしようか迷った。笠間先輩まで、おれを、そんな風に見ているというのか。

「龍之介、誤解するな。それがしはおぬしの味方だ。龍之介が人一倍、そのことを悔やみ、悩んで苦しんでいるのを察している。それがしが、おぬしの立場だったら、と思うと、他人事とは思えない」

「…………」

「おぬしは、少しも悪くない。二人に襲われ、危うく殺されるところを、正々堂々と反撃しただけだ。正当防衛だった。そうでないと、おぬしが命を落としていたのだからな」

「……はい」

「まわりがなんといおうと、少しも恥じることはないぞ。胸を張って、堂々としていろ。どんな目で見られても、おぬしは悪くないんだからな。いいな」

「はい、ありがとうございます」

「どうして礼をいう？　それがしは、おぬしがやったことを誇らしく思っている。普通の男子にはできぬことだ。さすが会津の男子だ。いいな」

笠間は龍之介の背をぽんと叩いた。

「さあ、行くぞ」

笠間は胸を張り、大隊本部の建物の玄関に足を踏み入れた。龍之介も、胸を張り、笠間の後に続いた。

二人が草鞋を脱ぎ、上がり框に上がった時、申告を終えた学生隊員たち、七、八人が廊下に出て来たが、みな一斉に話を止めて、龍之介に目をやった。学生隊員たちは躯を硬直させて、さっと身を引き、二人に道を譲った。笠間と龍之介は顔を見合わせた。

学生隊員たちは、みな龍之介と笠間に頭を下げた。笠間と龍之介は、何もいわず、廊下を奥に向かって歩いた。学生隊員たちは、逃げるように玄関から外に出て行った。

四

龍之介と笠間慎一郎は、無事第四中隊長の竜崎剛介大尉に、着任の申告を済ませた。

竜崎大尉は、温厚な顔付きをした砲兵科の将校だった。二人の申告を受けた後、二人の隊付についての話は、竜崎大尉の方から切り出された。

「きみたちは優秀な士官候補生だということで、教官たちは意見が一致している。さすが、会津藩から選りすぐりの武人が送られて来たと、教官たちはみな感心している。それで、出来の悪い幕臣隊員たちの中に、入れていいものか、と扱いに悩んでいるのだ。私からの提案だが、きみたち二人を、下士官とし、学生隊を鍛える手伝いをしてもらいたいのだが、どうだろうか」

笠間慎一郎と龍之介は、互いに顔を見合わせた。

一兵卒ではなく、下士官になる？

龍之介は思わぬ話に驚いた。

「特別扱いは困ります」

笠間がすかさず、口を開いた。

「先生から見て、駄目だと思われる学生でも、鍛えようによって立派な兵士になります。それには、同じ釜の飯を食い、生きるも死ぬも一緒という生活をともにせねばなりません。我が会津の日新館では、そうやって人材を育てています。ですから我々を特別扱いせず、どこかの分隊に放り込んでください。そこで苦労や困難をともにし助け合って深い絆を結び、命がけで戦える戦士になることができると思います。な、望月、おまえもそう思うだろう？」

龍之介も即座に中隊長にいった。

「はい。笠間先輩のいう通りです。我々が講武所に派遣されたのは、洋式軍隊の戦い方を勉強するためです。特別扱いされるのは、困ります。下士官も困ります。ぜひ、ほかの兵卒と同等に扱っていただきたい」

竜崎中隊長は椅子から立ち上がり、顎を撫でながら窓辺に寄った。練兵場では、海軍伝習隊の分列行進訓練が続いていた。鼓笛隊の太鼓や笛の音がガラス窓を通して聞こえて来る。

「分かった。きみたちの意見はもっともなことだ。では、きみたちの希望を聞こう」

竜崎大尉は、机に戻り、編成表に目を落とした。

「現在、欠員が出ているのは、うちの中隊では、第一小隊と第四小隊だ。どちらも一名ずつ員数が足りない。二人一緒というわけにはいかんが、それでもいいか」

「もちろんです。中隊長がご指名ください。我々は文句をいいません」

笠間はそういい、龍之介の同意を求めた。

「自分も、笠間先輩と同じです」

龍之介はうなずいた。

「よし、では筆頭小隊に笠間を配属する。望月は、第四小隊に配属する。いいな」

「はい。ありがとうございます」

笠間と龍之介は声を揃えて返事をした。

「もう一つ、お願いがあります」

龍之介がいった。笠間も気付いてうなずいた。

「我々には、制服が支給されていません」

「なに？　二人とも制服が渡されていないというのか？」

「はい」「はいっ」

「分かった。至急に制服が支給されるよう被服部に手配しよう」

竜崎大尉は隣室の戸を開け、軍曹を呼んだ。

軍曹は竜崎大尉が制服の話をする前にいった。

「中隊長殿、ほかの小隊でも制服が配られていない、という苦情が寄せられています。被服部に問い合わせたら、被服工場の手違いで、あと数週間は制服が届かないとのことです。その間、学生には我慢してほしいとのことでした」

「分かった。軍曹、もう一度、被服部に予備の制服があるだろう、と問い合わせてくれ。ともかく急げと督促するんだ」

「はい。督促します」

軍曹は不動の姿勢になり、靴の踵を合わせると、竜崎大尉にフランス軍式の挙手の敬礼をして、引き下がった。

竜崎大尉は笠間と龍之介に向いた。

「そういうわけだ。制服はいましばらく待て。だが、二人とも、配属先の小隊に顔を出しておけ」

「はいッ」「はいッ」

「解散！　行け」

「ありがとうございました」

笠間と龍之介は、竜崎大尉に腰を斜めに折って敬礼した。

龍之介は、笠間と一緒に大隊本部の建物を出た。

大隊本部に隣り合わせ、平屋造りの大きな建物が五、六棟並んでいた。各中隊に振り分けられた兵舎だった。海軍伝習生たちの兵舎もある。

練兵場の方角から、また軽快な鼓笛隊の太鼓や笛の音が聞こえて来た。鼓笛隊も演奏の練習をしている様子だった。

龍之介と笠間は顔を見合わせた。

「ちょっとやるか」

「やりますか」

「田舎者と馬鹿にされるのもしゃくだからな」

鼓笛隊の演奏に乗って洋式の行進をするのは、日新館の練兵場でもかなりやらされたことだった。

二人は太鼓の音に合わせて、胸を張り、腕を振って歩き出した。しかし、小袖に袴姿では、どうにも歩きにくい。見栄えも格好も悪い。近くに人の目はないが、照れ臭い。

二人とも互いに噴き出し、歩調を取るのはやめた。

二人は四棟目の建物の出入口の前で足を止めた。玄関脇の柱に「第四中隊宿舎」の木札が掲げられていた。建物の中から賑やかな騒ぎが聞こえた。

扉は風通しをよくするために開けっ放しになっている。玄関から広い廊下が奥まで延びているのが見えた。

廊下の両側に大部屋があり、隊員たちが居住している様子だった。賑やかな笑いや話し声が、開けっ放しの戸口から聞こえて来る。

いまは教練が終わり、みな体を休めているらしい。

廊下は板張りになっており、「土足厳禁」という札が下がっていた。

龍之介と笠間は、上がり框に腰を下ろし、草鞋を脱いだ。裸足になって板張りの廊下に上がった。

廊下に上がってすぐ手前の戸口から、中を覗くと大広間の畳の上に、制服を脱いだ男たちが、寝転がったり、胡坐をかいたり、だらしなく足を投げ出して座り込み、鄙猥な話で盛り上がっていた。

出入口近くに寝転んだ男が、龍之介と笠間が覗いているのに気付き、声を上げた。

「貴公ら、そこで何をうろうろしているんだ？」

だらしなく寝転んだり、座っている男たちが、男の声で一斉に笠間と龍之介へ顔を向けた。

「こちらは第四中隊第一小隊の屯所ですかね」

笠間が寝転んでいる男に丁重にきいた。男はにやにや笑った。

「だったら、どうする?」

「今度、それがし、第一小隊に配属が決まったので、こちらに出頭したんですが。小隊長は、おられますか?」

「おまえら、第一小隊に配属されただと?」

男は、むっくりと軀を起こした。

「おまえのような田舎弁丸出しの田舎侍が、なんで我ら直参旗本の筆頭小隊に入れると思うんだ?」

「それがしは、中隊長の命令で、こちらに来ただけだ。それがしが第一小隊を望んで来たわけではない」

男たちは顔を見合わせて笑った。

「おお、新入りもいうではないか。桑田、なめられたな」

男たちの一人が、最初に口をきいた男をからかった。桑田と呼ばれた男は、挑発されて、むきになった。

「おい、田舎侍、おぬしら、直参旗本か?」

笠間はむっとして答えた。

「それがしは旗本にあらず。おぬしに尋ねている。小隊長は、いないのか？」

別の男が桑田に代わっていった。

「小隊長は、いま厠に行ってるぞ。便秘で屎が出ず、うんうん唸っておる」

男たちはどっと笑った。

「そのうち、さっぱりした顔で帰って来るだろうよ」

「さようか」

笠間は、どうすると龍之介を振り向いた。

龍之介は、これは前途多難だな、と思った。笠間がこんな上士のいばりくさった旗本の隊に入ったら、えらく苦労するだろう。この様子では、小隊長はきっと大身旗本の倅に違いない。

桑田がにやにやしながらいった。

「どうして、中隊長のお偉いさんは、貴公らのような、どこの馬の骨とも分からぬやつを我が筆頭小隊に配属させたんだ？　おぬし、何か聞き間違ったんじゃないのか」

狐を思わせるような男が嘲笑った。

「そうだぜ、うちの小隊は、直参旗本じゃないと入れない、腕に自慢の侍ばかり揃っ

ている んだ。なんで、おまえたちのような田舎侍が入れると思ったんだ？　中隊長から説明されなかったのか」

「そうだぜ。ほかの小隊に行けや。わしらの隊に旗本ではない者はいらねえ」

「そうだ、第四小隊がいい」

男たちはどっと笑った。

「そいつはいい。ダメ四がお似合いだぜ」

「第四小隊は、足軽や下士を寄せ集めた吹き溜まりだ。ダメ四に行け。おれたちからも中隊長にいって、おまえらをダメ四で引き取ってもらうように頼んでやらあ」

男たちは笑いながら口々にいった。

龍之介は顔をしかめた。

配属された第四小隊は「ダメ四」だと？

笠間が慰め顔で龍之介にいった。

「龍之介、気にするな。こいつら、何も分かっちゃない。軍隊に入ったら、旗本も上士も、足軽も下士もないっていうことが分かってない連中だ」

廊下にどたどたと大きな足音が立ち、巨漢（きょかん）の男が部屋に入って来た。

「いったい、何を騒いでいるんだ。厠まで声が聞こえたぞ」

桑田が慌てて、その場に正座した。

ほかの男たちも小隊長の前では、軀を起こし、寝転がるのをやめた。

「あ、大舘さん、こいつら二人、うちの小隊に配属されたといって、やって来た新兵です」

大舘と呼ばれた小隊長は、軍服の上着の前を開け、胸毛を見せていた。肩に士長を示す三本筋の肩章を付けている。

大舘小隊長は顔をしかめた。

「配属された新入りだと？」

大舘は、じろりと笠間と龍之介に目をやった。

「中隊長からは、一名配属するといわれていたが。まあいい、おぬしら申告しろ」

笠間が胸を張っていった。

「笠間慎一郎、会津藩士、砲術科学生、本日付けを持ちまして、第一小隊に配属されました」

「うむ。よかろう。そして、もう一人は？」

大舘小隊長は龍之介に顔を向けた。

龍之介は、巨漢の大舘に向かっていった。

「自分は、こちらの小隊に配属された者ではありません」

「なんだ。そうか。そうだろうとも。どこの小隊に配属されたのだ？」

「第四小隊です」

男たちは、みなにやついた。

「そうか。蔵原小隊か。で、おぬしの名前は？」

「笠間さんと同じく、会津藩士望月龍之介」

男たちがどよめいた。巨漢の大舘が顔を歪めた。

「なにい、おぬしが、侍を二人も斬り殺した人斬り龍之介だというのか？」

龍之介は、きょとんとした。

人斬り龍之介？

そんな渾名は初めて聞いた。知らぬ間に、自分にそんな渾名が付いているとは思わなかった。

龍之介は思わず、笠間と顔を見合わせた。

笠間が声をひそめて囁いた。

「龍之介、おぬし、いつの間にか、悪名高い渾名を頂戴していたのだな」

「先輩まで、からかわないでください。それでなくても、驚いているんですから」

「いいじゃないか。こいつら、偉そうな口をきいているが、一度も本当に刀で人を斬ったことがない連中だ」

男たちは、ちらちらと龍之介の顔を見ては、互いに顔を見合わせ、ひそひそと囁き合った。

大舘は咳払いした。

「分かった。笠間、おぬしの配属を受領した」

大舘はみんなを見回した。

「本日から、笠間は、第一小隊の仲間になる。みんな、笠間を隊に受け入れるんだぞ。いびったりするやつは、それがしが許さない。いいな」

「はい」「はい」

みんなぼそぼそと返答した。大舘小隊長は怒鳴り声を上げた。

「声が小さいッ。第一小隊が、そんな小さな声だったら、他隊に示しがつかんぞ。返事をしろ」

「はいッ」

みんなは声を揃えてがなるように返事をした。

「よし、それでいい」

大舘は笠間を振り向いていった。

「笠間、いまから、おぬしは我が隊の一員だ。遠慮するな。おい、誰か、笠間の席をつくれ」

隊員たちは互いに譲り合うように顔を見合わせた。大舘は苛立ち、目の前にいた桑田を指差した。

「おい、桑田、おまえが笠間の面倒をみろ」

「ええっ？　それがしがですか？」

桑田は顔をしかめた。

「なにい、小隊長のおれの命令が聞けないというのか」

大舘は軍服の袖を捲り、腕の筋肉を盛り上げた。

「はいッ、それがしが笠間の面倒をみます」

「少しでも意地悪をしたら、おれが許さない。おれ以上に、会津藩士笠間の後輩の人斬り龍之介が許さぬぞ」

大舘は、そういい、龍之介にちらっと目を向けた。

龍之介は何もいわず、目を伏せた。どういう態度を取ったらいいのか、戸惑った。

刀の刃が田島孝介の喉元を切り裂く感触が甦った。根藤佐衛門の胸元を斬り上げた時の感覚が腕を襲った。右手がぶるぶると震え出した。

龍之介は思わず左手で、右手の震えを押さえた。みんなの視線が龍之介に注がれているのを感じた。

龍之介が顔を上げると、みな一斉に顔を背けた。

「龍之介、大丈夫か」

笠間が囁いた。

「大丈夫です」

龍之介は右手を押さえたままうなずいた。

大舘が緊張を解すように笑いながら、優しい声でいった。

「おぬしら、制服は、どうした？」

笠間が事情を説明した。大舘は了解した。

「じゃあ、訓練は古着でやれ。いいな」

「はいッ」

男たちは一斉に声を上げた。

「ようし。では、桑田、笠間に、ここでの生活のしきたりを教えてやれ。食事から、布団の畳み方、入浴の仕方すべてだ」

「は、はい」

桑田は目を白黒させていた。大舘は桑田をじろりと睨んでから、笠間に顔を向けた。

「おぬしは、分からぬことがあったら、桑田になんでも聞け」

「はい。では、桑田殿、よろしく」

笠間は桑田に頭を下げた。

「望月、おぬしは、おれと一緒に来い。第四小隊の蔵原小隊長に紹介してやる」

「はい」

龍之介は気を取り直した。いつの間にか、右手の震えが収まっていた。

大舘は廊下に出て、先に立って歩き出した。

「第四小隊の大部屋は、一番奥にある」

龍之介は笠間に一礼し、大舘の後に続いた。

「蔵原は御家人だ。旗本ではない。中士だ」

大舘はじろりと龍之介を見た。

「ところで、笠間は上士だろうな。上士でないと、我が小隊ではやっていけん」

「笠間さんは、上士です。それも黒紐格下の上士です」

「黒紐格下というのは何だ?」

「会津では上位に入る階級の家士ということです」

「さようか。それはいい。で、おぬしは？」

「花色紐組の上士です」

「上士か。第四小隊に配属というから、中士以下だと思ったが、小隊長級じゃないか。まずいな。第四小隊に入れたら、中士の蔵原よりも上位の身分になる」

「いいんです。洋式軍隊では、身分の上下は関係なし、ということですから」

「まあいい。不満があったら、中隊長にいえ。上士だといえば、なんとかしてくれる。この世界、情実がきかないことはない」

大舘は廊下の奥の部屋の入り口で足を止めた。第四小隊の大部屋は、通りすがりに見た、ほかの小隊とは少し雰囲気が違った。

ある者たちは車座になり座布団の上で、花札を打っていた。その後ろでは将棋を差したり、囲碁を打っている者もいた。かと思うと、部屋の隅では、座り机の前で筆を動かし、書状を書いている者もいたり、寝転んで黄表紙を読んでいる者もいる。

「おい、蔵原、新入りを連れて来たぞ」

大舘が部屋の出入口で大声を上げた。

男たちは、一斉に振り向き、大舘と龍之介に目をやった。男たちの目は好奇な光を放っている。

部屋の隅で、書を書いていた男が振り向き、うなずいた。

「おう、ありがとう。補充がいつ来るのか、待っていたところだ」

蔵原は立ち上がり、出入口の方に歩んで来た。大舘が龍之介に申告しろ、と顎で促した。

隊員のみんなは、龍之介を見ていた。

龍之介は蔵原小隊長の前で姿勢を正した。

「小隊長に申告します。会津藩士、望月龍之介。剣術科所属。本日付けで、第四中隊第四小隊に配属されました。よろしくお願いします」

龍之介は、すべてを申告しないうちに、隊員たちにどよめきが起こるのを感じた。

ここそこと囁き合う声も聞こえる。

「本当かよ。あの人斬りが一緒になるのか」

「あんな若造が人斬りだとはねえ」

「よく、二人も殺して平気でおれるな。よほど冷血漢なんだな」

「おお、恐え。くわばらくわばら」

龍之介は唇を噛み、聞き流した。また右手の震えが始まった。龍之介は左手で右腕を抱えて震えを抑えようとした。

目の前の蔵原がうなずいた。

「ご苦労。望月。よく来た」

蔵原はみんなを振り向いた。

「というわけだ。本日から望月が仲間になる。みんな、仲良く、隊に迎えてやれ」

「はい」

同意の声は少なかった。

大舘が蔵原に近寄り、何事かをそっと耳打ちした。蔵原はかすかにうなずいた。

「後は、それがしに任せてください。それがしが、この隊を仕切る役目なので」

「うむ。念のためだ」

「了解です」

蔵原は大舘に一礼した。

大舘は龍之介にちらりと目を向けた。

「望月、おぬしは上士なんだから、遠慮するな。蔵原小隊長にも、おぬしを一刻も早く、ほかの隊に異動できるように、上に申告するようにいっておいた。頑張れよ」

「かたじけない」

龍之介は一応礼をいった。大舘はのっしのっしと巨体を揺らしながら引き揚げて行った。

蔵原は大舘を見送った後、龍之介に顔を向けた。

「望月、おれの隊は、おれの考えで指揮運営する。誰にも口出しさせない。いいな」

「小隊長、どういう意味ですか？」

龍之介は、蔵原小隊長が何をいおうとしているのか、理解出来なかった。

「大舘から、いろいろ指図された。おぬしを隊長に推薦しろとか、訓練行動の演習では、おぬしを指揮官にしろとかいっていた。おれは一応耳には入れたが、従わない。いいな」

「小隊長、大舘小隊長が何をいったか分かりませんが、それがしが頼んだことではないので、無視してください。一切、彼のいうことを聞く必要はありません」

「うむ。そうだろうな。大舘は、直参旗本として、それがしに命じたのだ。おぬしのことを大事にしろ。特待生にしろと」

「お断わりします。それがしを、普通の一学生隊員として扱ってください。特別扱いは御免被り(こうむ)ます」

「ははは。そうだろうな。それがしも、大舘から聞いて、反発した。会津の侍が、仮にも自分だけ楽をしようとか、自分だけ出世しようと考えるとは思えない。そんな侍は会津藩士ではあるまい」

「おっしゃる通りです」

「それがしも学生隊長の未熟者で、正規の小隊長ではない。だが、我々みんなが本式の歩兵部隊になるため、みんなで努力したいと思う。フランス人軍事顧問から厳しく指導してもらうつもりだ」

「よろしくお願いします」

龍之介は嬉しそうにいった。

みんなは固唾を飲んで、蔵原小隊長と龍之介のやりとりを見守っていた。

「みんなにいっておく。望月も、おぬしらと変わらぬ普通の若者だ。妙な偏見で望月を見ることは許さぬ。変な呼び名は使うな」

「はい」

みんなは気がない返事をした。

「望月、きみは、後から入って来たから、筆頭の第一分隊に配属する。いいな」

「はい、どこでも、それがしは結構です」

「うむ。この際だから、みんなにいっておく。我が第四小隊は、第四中隊のなかで、やる気のない最低な小隊だといわれている。寄せ集めの吹き溜まり小隊とか、第四中隊の中で、ダメ四と呼ばれているのは知っているな」

「はーい」

気のない返事が上がった。

「その悪い評判を、明後日からの訓練で、上位の成績を取り、汚名返上する。そのため、厳しく鍛えるから、そのつもりでおれ」

「はーい」

「めざすは、第四中隊最高の小隊だ。ダメ四返上、最強の第四小隊だ。いいな」

「はーい」

みんなは力のない返事をした。だが、蔵原小隊長は満足気にうなずいた。

「これが、第一歩だ。望月、おぬしも力を貸せ。ダメ四から脱するには、おぬしのような隊員の活躍が絶対に必要なのだ」

「はい。頑張ります」

龍之介は一応返事はしたが、心の中では、どうしたものか、という思いに捉われていた。

「とりあえず、望月には第一分隊の面々を紹介する」

蔵原小隊長は、龍之介の戸惑いを無視して隊員たちに叫んだ。

「第一分隊、集合しろ」

「うおーい」「はーい」

花札をしていた者や将棋をしていた者、寝転んで黄表紙を読んでいた者たちがのっそりと立ち上がり、蔵原小隊長と龍之介のまわりに集まった。

「中野吉衛門（なかのきちえもん）分隊長、整列させろ」

「はい」

将棋をしていた男が声をかけた。

「第一分隊、整列！」

男たちはのろのろと横一列に並んだ。

八人の男たちだった。

蔵原小隊長が龍之介に命じた。

「望月、おぬしも列に加われ」

「はいッ」

龍之介は横列の一番端に立った。

中野吉衛門分隊長が命じた。

「番号！」

一番から八番まで、ひとりずつ大声で番号をいった。

「これより、望月は、第一分隊員の九番だ。みんな、一人ずつ望月に自己紹介しろ」

あらためて、一人ずつが龍之介に自己紹介を始めた。

「一番、土田利助。下士」

背が低く、しかし、頑強そうな体付きの男がにっと笑った。

「二番、松阪宇乃介。元町方同心」

背丈がある痩せた男が龍之介に黙礼した。

「三番、工藤久兵衛、同じく元町方同心」

目付きの鋭い男が龍之介を睨んだ。

「四番、砂塚道蔵、元武家奉公人、供侍」

小太りの男だったが、軀の動きに切れがあった。龍之介は腕が立つと見て取った。

「五番。力男。元目明かしでやす」

きびきびした動きの小男が龍之介にお辞儀をした。

「六番、辰造、足軽でやす」

腰の低い男だった。足が速そうだった。

「七番、泰吉、槍持ち」

目付きに険がある男だった。

「八番、大助、足軽」

分隊長の中野吉衛門が龍之介に向いた。

「十番、拙者は中野吉衛門。元武家奉公人。よろしく」

中野吉衛門は身のこなしに剣の心得があるのが窺えた。

龍之介は、かつての什組を思い出した。什の場合は、子どもの遊び仲間が集ったものだ。

大人の什は、どんなものになるのか、龍之介は半ば楽しみでもあり、また不安にもなった。ともかくも、この十人の分隊で、今後は訓練していく。ふと龍之介はまた右手が震えるのを覚えた。

第二章　友、来たりて

一

「チクショウ。こんなことやるんだったら、入らんかった」

あちらこちらから、怨嗟の声が上がった。

龍之介も走りながら、みんなと同じ気持ちだった。

訓練は中隊揃っての駆け足行軍から始まった。五貫目（約一九キログラム）の砂袋を背負い、腰には重い竹筒の水筒を下げ、肩にゲベール銃を担いで、ひたすら演習場の砂地を駆け回るのだ。それも、分隊ごとに十人が隊列を組んで駆ける。

一周、ほぼ一里（約四キロメートル）。砂地あり、松林の中を走る凸凹道あり、丘を上り下りする坂もある。

「声を出せ！」

「わっしょい、わっしょい」

「わっせ、わっせ」

龍之介は、ほかの仲間たち同様、掛け声を上げて駆ける。

隊列を崩してはならず、みんな声を掛け合っての、重い砂袋を背負っての駆け足行軍だ。

空はからりと晴れ上がり、演習場には初夏の太陽が照りつけている。じっとしているだけで、汗ばんで来る。

龍之介がいる第四小隊第一分隊は筆頭分隊として、第四小隊の先頭を切って走らねばならない。後に続く第二分隊、第三分隊、第四分隊の連中に抜かれることがあってはならない。

とはいえ、第四小隊の隊員たちは、広い演習場の中を三周もしないうちに、ばたばたと落伍者が続出し、隊列は乱れ、ばらばらになった。

途中で足を止め、水筒の水を飲む者もいる。走るのをやめて歩き出す者もいる。

小隊長や分隊長が、いくら叱咤激励しても、落伍者たちは松林に腰を下ろしたり、のろのろと歩くだけで、いうことを聞かない。命令を聞きたくても、軀が動かない。

「龍さんよう、おれ、もうだめ」

土田利助が龍之介の後ろから声をかけた。利助は、走りはじめた時には、「こんなの軽い軽い」と一番元気だったのだが、三周目には息切れして、足がもたついていた。

やはり五貫目の砂袋と、重いゲベール銃が軀に堪えている。

龍之介も、利助同様に、足がもたついていた。走りながら、分隊員を見回すと、元気なのは、先頭を走って指揮を取っている蔵原小隊長ぐらいだった。蔵原小隊長は砂袋を背負っていないし、銃も担いでおらず、腰に大刀を帯びているだけだった。

龍之介たちは、上は筒袖のシャツで、下は洋式の白ズボンを穿いていた。足には草鞋を履いている。和洋折衷の軍装だ。濃紺の軍服があるが、この暑さの下での駆け足行軍に着るわけにはいかない。たちまち軍服が汗だくになってしまう。

丘の上には白地に赤丸の旗が風に翻っていた。その旗の下にフランス軍の制服姿の軍事顧問、中隊長の竜崎大尉、中隊幕僚たちが立ち並んでいた。フランス人将校と竜崎大尉は通詞を介して、しきりに何事かを話し合っていた。丘の上からは、ほぼ全周が見渡せ、各小隊の行軍を見ることが出来る。

駆け足行軍は、第四中隊約一六〇名全員が参加していた。第二小隊、第三小隊と続き、第四第一小隊四〇名がまず先発し、時間差を作って、小隊がしんがりとなって走り出した。

隊員は全員、五貫目の砂袋を背負い、竹筒の水筒を腰に下げ、銃を肩に担いでの行軍である。最初のうちはなんとか全員が走ることが出来たが、やはり三周もしないうちに各隊とも落伍者があいつぎ、ついには丘の斜面や砂浜に隊員たちはばたばたと倒れていた。

突然、丘の上で喇叭（らっぱ）が高らかに吹き鳴らされた。

「よおし、休めだ。全隊、止まれ。小休止だ」

前方から蔵原小隊長の声が聞こえた。

先にいる別の小隊の隊員たちも道端に蹲（うずくま）っている。

分隊長の中野吉衛門が、その場に座り込みながら、「分隊休め。休んでよし」と怒鳴るようにいった。

龍之介は砂袋を背から投げ下ろし、松の根元にどっかりと座り込んだ。銃は放り出すわけにはいかない。息が切れていた。

海からの風もやんでいて、陽射しが暑い。松の葉陰がわずかな涼しさをもたらしていた。

龍之介は腰から竹筒の水筒を外し、水を飲んだ。喉がからからに渇いていた。

周囲には、分隊長の中野吉衛門をはじめ、土田利助、宇乃介、道蔵、大助らがぶっ倒れるようにして休んでいた。

龍之介は水筒を隣の利助に回した。利助は水筒を押し戴くようにして受け取り、喉を鳴らして水を飲む。そして、隣の宇乃介に回した。大半の隊員が、途中で重い水筒を投げ捨てていた。龍之介も何度も腰の水筒を捨てて楽になろうと思ったが、これも訓練だと思い、我慢していた。

辰造が水筒の水を飲みながらぼやいた。

「ああ、足が痛い。もう走れねえ」

泰吉が吐き捨てた。

「やめたやめた、走るために歩兵隊に入ったんじゃねえ」

「なんで砂袋担いで走らねばなんねえんだ？　こんなの捨てっちまえ」

「泣き言いうな。てめえら、それでも侍か。情けねえ連中だな」

利助が大声を出した。利助は少し休んだら、元気を取り戻したらしい。

龍之介は笑った。

はじめこそ、龍之介は「人斬り龍之介」と恐れられ、分隊の中で浮いていたが、二週間も寝食を共にしているうちに、だんだんと分隊の隊員たちと打ち解けていった。

第一分隊だけでなく、第四小隊のほとんどの隊員が龍之介を恐れなくなった。ほかの小隊の者が龍之介の悪口をいうと、第四小隊の者たちは、こぞって龍之介を擁護するようになっていた。

龍之介は直参旗本を誇る上士たちからは、冷ややかな目で見られていたが、反対に、吹き溜まりと呼ばれた第四小隊の下士や足軽、武家奉公人たち士分、下役人、中間たちからは親しまれるようになっていた。

龍之介は座学で洋式軍隊について学んだ。

軍隊は士官だけでは成り立たない。下士官も兵卒もいて初めて、指揮系統が整い、部隊活動が出来る。

講武所は、旗本や御家人の子弟を集めての、いわば士官養成所であった。しかし、士官ばかりで、下士官や兵隊がいなければ軍隊は出来ない。

そこで幕府は下士官や兵隊も養成する必要に迫られ、旧来からあった鉄砲隊や槍隊、捕り手などの足軽、さらに武家奉公人などの士分や奉行所同心などの下役人、中間小者などから志願者を集め、学生たちも加えた歩兵隊を組織したのだった。

また丘の上で高らかに喇叭が吹き鳴らされた。

「休憩終わりだ。みんな、起きて整列！」

蔵原小隊長が大声で命じた。分隊長の吉衛門が率先して立ち上がり、手を上げた。

「第一分隊、集合」

各分隊長も、それぞれ声を上げげた。

「第二分隊、集まれ」「第三分隊集合」「第四分隊、集まれ」

龍之介は、再び砂袋を背負い、銃を抱えて、分隊長の前に立った。ほかの隊員たちも、のろのろと砂袋を背負って、集まって来る。

「二列縦隊で整列！」

龍之介は定位置である九番に並んだ。隣は八番の大助だった。大助の背の砂袋は半分ほどに減っていた。大助は龍之介ににやっと笑いかけた。

「こういうのは要領がよくなくてはな」

丘の上に立った中隊長の竜崎大尉が、フランス人軍事顧問と談笑している。幕僚たちもにやにや笑いながら、話をしていた。

なにくそ、と龍之介は自身に気合いを入れた。会津魂だ。磐梯山中で鍛えた足腰を活かすのは、いまだ。

蔵原小隊長が命じた。

「銃を担げ」

龍之介はみんなと一緒に銃を肩に担いだ。

「足踏み始め」

龍之介は、その場で足踏みを始めた。

「駆け足始め」

蔵原小隊長ががなるような声で命じた。

龍之介は、分隊の仲間と一緒に駆け足を始めた。

「掛け声出せ」

「わっしょい、わっしょい」

龍之介たちは声を張り上げ、足並みを揃えて走る。掛け声で調子を取れば、走り易い。元気も出る。

丘の上で、勇壮な音色の喇叭が鳴り響いた。突撃喇叭だ。

蔵原小隊長が腰の大刀を引き抜き、丘の上を差した。

「目標、丘の上の敵陣地、突撃しろ」

「突撃！」「突撃！」

「ウォー」

龍之介たちは喊声(かんせい)を上げ、しゃにむに丘の上を目指して駆け上がった。

四〇人の小隊の隊員たちは、みな我先にと銃を構えて丘の頂の旗の下に突進した。

二

三週間ぶりの休暇だった。

龍之介と笠間は、軍事教練でのめざましい活躍が認められ、大隊本部から褒美として、十日間の休暇が与えられた。それは龍之介たちだけに出された特別休暇ではなく、学生たちほぼ全員に休暇が出されていたので、事実上の夏休みだった。

その日は朝からかんかん照りの夏日だった。

龍之介は笠間と連れ立って、講武所の門を潜り出た。猪牙舟に乗り、三田の会津藩下屋敷に帰った。三田藩邸には、龍之介も笠間も、身の回りの品を預けてある。

江戸の町は、ようやく恐ろしい狐狼狸の流行が下火になり、巷に平穏と賑やかさが戻りはじめていた。

三田藩邸の正門は、いつものように閉じられてはいたが、通用門の人の出入りは、以前よりも増えたように見えた。門番たちも狐狼狸が蔓延していた時分に比べ、厳しい警戒態勢を解いている様子だった。

門番たちは龍之介や笠間をよく覚えていた。何もいわずとも、二人を通用門から邸内に入れてくれた。

門番頭は龍之介を見ると、「望月様、少々お待ちください」と詰め所に引っ込んだ。

やがて門番頭は書状を手に現われた。

「先だって、会津掬水組の鮫吉と申す者が訪ねて参りまして、これを望月龍之介様に、と預かっております」

門番頭は書状を龍之介に手渡した。

「おお、そうか。鮫吉殿が訪ねて参ったか」

龍之介は書状を、その場で開いた。驚くことに達筆の草書で書かれた手紙だった。目を走らせた。

近々にもお目にかかりたいという趣旨の内容だった。

鮫吉は深川の小料理屋『葦』に居候している、とあった。

居候か。

龍之介は死んだ田島孝介が、同じ深川の小料理屋『美世』に居候していたことを思い出した。きっと女将の美世は、田島孝介を斬った己れのことを恨んでいるだろうと、龍之介は思った。

鮫吉は、もしかして『葦』の女将とでも、いい仲になったか、と龍之介は思った。

龍之介と笠間が武家長屋の部屋で、寛いでいると、龍之介が戻ったと聞き付けた御用掛けの用人が現われた。

西郷頼母様が御呼びだと龍之介に告げた。龍之介が三田藩邸に戻ったら、すぐに上屋敷の頼母を訪ねるようにとのことだった。

笠間は、団扇を扇ぎながら、気の毒そうな顔で龍之介にいった。

「龍之介、行って来い。折角の休暇だが、仕方あるまい。それがしが貴様の分まで、こちらでのんびりさせてもらう」

「では、行って来ます」

龍之介はため息混じりにいった。

三田藩邸に戻っても、休む間もなく、また猪牙舟に乗った。顔見知りの船頭に行き先を告げた。船頭が暑い陽射しの下、舟を掘割に漕ぎ出し、会津藩上屋敷へと急いだ。

「龍之介、よく来た。元気そうだな」

西郷頼母は書院の椅子に座り、龍之介に向かい側の椅子を勧めた。庭に面した障子戸はがらりと開かれ、軒下に吊した風鈴が涼しげな音を立てていた。

まもなく、女中が冷えた麦茶を入れたガラスの容器を運んで来た。女中が廊下に出て行くと、頼母は親しげに龍之介にいった。

「おぬしたち学生に、夏休みが出たことは、講武所から報せがあった。それでおぬしを呼び出したのだ。いい報せがあるのでな」

「何でございましょうか？」

「講武所派遣の追加の三人が決まったという報せだ。五月女文治郎（さおとめぶんじろう）と河原九三郎（かわはらくさぶろう）、そして、川上健策（かわかみけんさく）だ」

「本当ですか」

龍之介は耳を疑った。

五月女文治郎も河原九三郎も什の仲間だった。文治郎も九三郎も、日新館で山本覚馬教官や林権助（はやしごんすけ）教官の指導の下、砲術や鉄砲術を学んでいた。きっと、二人はその成績が優秀だったため、選抜されたに違いない。

川上健策は、おそらく日新館道場での剣術の腕前を評価されての選抜に違いない。川上健策の放つ抜き胴は避けようがない。龍之介も何度も完敗した。川上健策と御前仕合いの日新館代表を競ったことを思い出した。

「おぬしも存じておろう」

「もちろんです。三人とも仲間です。それで、三人はいつこちらへ？」

「三人とも飛び級で、この秋九月に日新館を卒業する。それから、こちらにやって来る予定だ」

「さようでございますか」

九月には、文治郎や九三郎、川上健策がやって来る。三人とも講武所で学ぶことになる。考えただけで、心が躍った。

頼母は冷えた麦茶を啜った。

「ところで、もう一人、おぬしに会わせたい者がいる」

「どなたでございますか？」

「使いを出したから、まもなく現われるだろう。楽しみにしておれ」

「はい」

龍之介は訝った。いったい、誰を呼んだというのだろうか。

「ところで、龍之介、その後の調べは、いかがになっておる。お父上牧之介殿の自害の件と、兄真之助の乱心の件だ。何か新しく分かったことはあるか？」

「いいえ。それがし、講武所に入所して以来、講武所から出られず、人に会って調べる時間がありませんでした。ですから、まったく調べは進んでいません。申し訳ありません」

龍之介は頭を掻いた。頼母は扇子(せんす)を開き、顔を扇いだ。

「おう、そうだったな。わしとしたことが、そんなことも気付かずに訊いてしまったな。そうか。どうだ、講武所生活は？」

「勉強になっています」

「そうか。何を勉強しておる？」

「西洋の戦争の仕方です」

「ほう。どのような？」

頼母は扇子を忙しく動かした。

「いろいろあって、一口では申し上げられませんが、英仏の戦略や戦術、我々も学ぶべきところが多々あります」

「たとえば、どんなことを学んだ？」

「集団戦です。各部隊に分かれ、会津の什に似た分隊を作って、毎日寝食をともにして、何でも一緒に分隊で行動します。銃を撃つ訓練も、銃剣で白兵戦を……」

龍之介は、ぶるぶる震え出した右手を、左手で必死に押さえ込んだ。

「敵兵に見立てた藁(わら)人形に銃剣で刺突(しとつ)する……」

龍之介は、生身の人間に刀を刺し入れる、ぬるっとした感触を思い出した。

「龍之介、どうした？　顔色が悪いぞ」

「はい。申し訳ありません」

龍之介は頼母に頭を下げた。胸元がむかついて来た。嘔吐を堪えながら、席を立った。

「ちと、厠に」

「うむ。厠は廊下を出た先だ。行って来い」

「御免」

龍之介は口を手で塞ぎ、部屋を飛び出した。廊下の先に厠が見えた。

龍之介は足音を立てて廊下を走り、厠の扉を開けた。便器の中に胃から込み上げて来る物を、どっと嘔吐した。胃の中が空になっても、嘔吐は止まらない。飲んだばかりの麦茶も全部吐き出した。それでも、発作は収まらず、苦い胃液を搾り出すように吐いた。

頭に田島孝介を斬殺し、根藤佐衛門を斬り上げた光景がまざまざと甦った。

俺は人を殺してしまった。

悔恨が龍之介の心を揺さ振った。心の動揺を表すかのように右手の震えが収まらない。

なんてことをしてしまったのだ。俺は人を殺すために、剣を修行してきたのか？楽しかった剣の修行が、いまでは、なんてことをしてしまったのか、という苦い思い出で占められるようになってしまった。

人の気配を背後に感じた。衣擦れの音。

「どうなさいました？お加減でも悪いのでは」

背にかけられた女の声に、龍之介は慌てて、口元の汚れを腕で拭い、厠の戸を閉じようとした。

「なんでもござらぬ」

目の前に若い女が立っていた。整った顔の美しい女だった。大きな瞳が龍之介を見ていた。

「ほんとに大丈夫ですか？」

「大丈夫でござる」

右腕の震えは止まっていた。龍之介は照れ隠しもあって、手水鉢の水で顔や口元を洗った。洗ったはいいものの、手拭いを持っていない。袖で拭おうとした。

「はい。これを」

女は微笑みながら、そっと手拭いを差し出した。

「かたじけない」

龍之介は手拭いを受け取り、顔や手を拭いた。手拭いから、ほんのりと女の芳しい香がした。龍之介は手拭いを返そうとして迷った。

そのまま返したものか、手拭いを洗濯してから返したものか。女は優しい目で手を差し出した。

「はい」

「いや、汚してしまったので」

「私が洗います。ご心配なく」

女は龍之介の手から手拭いを引き取った。

「かたじけない。助かりました」

「どういたしまして。こんなことでお役に立てて」

女ははにかんだ。

「西郷様のお客様でございましょう?」

「はい」

「では、ここで失礼いたします」

女はにこやかな笑顔で頭を下げた。龍之介も慌てて、お辞儀を返した。女は優雅に踵を返し、廊下の角を折れて静かに歩き去った。女の残り香がかすかに漂っていた。

何者？　奥の御女中？　それとも頼母様の縁者の方？

龍之介は頭に手をやった。

厠で恥ずかしい姿を見せて面目ない。不思議なことに右手の震えは消えていた。吐き気も収まっている。

龍之介は、とぼとぼと西郷頼母がいる書院に戻った。

書院に戻ると、頼母は精悍な顔付きの客人と話をしていた。客人の侍は腕組みをし、龍之介が座っていた椅子に腰を下ろしていた。

「おう、龍之介、大丈夫か。顔色が戻ったな。気分はよくなったか」

「はい。大丈夫です」

頼母は客人と顔を見合わせた。

「紹介しよう。こちらは、幕府海軍掛けの磯部さんだ。こやつは講武所に通っている望月龍之介という学生だ」

「よろしくお願いします」

龍之介は磯部に頭を下げた。磯部は目元涼しい好男子だった。

「磯部さんは、小栗豊後守殿の側近の用人をしておられる」

龍之介は畏まり、磯部にあらためて頭を下げた。

龍之介は小栗忠順のことは知っていた。剣術は島田虎之助に師事し、直心影流免許皆伝の腕前だと聞いている。小栗忠順は、講武所教授の男谷信友と並ぶ剣客だった。

講武所御用取扱を務めるとともに、軍艦奉行、海軍奉行並などの要職についていた。幕府切っての開国派と聞いていた。

磯部は、その小栗忠順の側近の用人ということは、いつも小栗の相談役をしたり、手足になって働いているのだろう。

「龍之介、そこの椅子を運んで来て、一緒に座れ。おぬしが立っていると邪魔だ」

頼母は部屋の隅にあった椅子に顎をしゃくった。龍之介は椅子の背もたれを摑み、頼母たちが囲むテーブルに椅子を運んだ。

「いま磯部殿と話をしていたのだが、小栗殿は、どうやら来年、遣米使節団に随行して、メリケンに派遣される予定らしい。そうですな？」

「まだ正式な辞令は出ていないのですが、そうなるでしょう」

「で、磯部殿も一緒に行かれるのかな」

「いえ。それがしは小栗様の補佐をする役目を仰せつかっておりますので、居ない間の事務方を担わねばなりませぬ」

「さようか。それは残念ですな。勝さんも、若者は一度は海外に出て、世界の事情を見て、我が国のありようを考えるべきだとおっしゃっていたが」

「勝先生も、おそらく艦長として練習船咸臨丸に乗船し、講武所の伝習生たちを率いて、船を操り、大海原を航海して、メリケンに渡ると聞いてますが」

「そうですか。龍之介、聞いたか。勝さんに頼んで、海軍に移り、海軍伝習生になって、操船術を習得すれば、メリケンに行けるかも知れんぞ。近々のことなら、まだ間に合うかも知れないぞ」

　頼母は龍之介にいった。

「それがしが、海軍伝習生に鞍替えするのですか」

　龍之介は腕組みをし、考え込んだ。

　海は嫌いではないが、正直好きとはいえない。ある日、体験として、漁師の漕ぐ舟で沖合に出たが、海は少し荒れていた。風が吹き、海の波は、うねっていた。漁師たちにいわせれば、こんなのは普通で、時化ではない、と笑っていた。山国から出た自分には、まだ海は慣れておらず、恐いと思った。そんな自分が海軍伝習生になれるのるのだろうか。

「ははは。龍之介、そう無理をして考えんでもいい。いまおぬしは陸軍の訓練を受けるので精一杯なのだろう？　新しい仲間もできた。だから、いつか、もしかしてあるかも知れない話として考えておけ。それだけでいい」

「はい」

龍之介はほっとした思いで頼母を見た。頼母は楽しそうに磯部と笑っていた。

「ところで、龍之介、磯部殿はフランス語もエゲレス語も話せる外国通だ。小栗殿の通詞をなさっておられる」

「いやいや。西郷さん、それがし、日常会話程度なら話せるということで、通詞のような会話力はありません」

「小栗殿は、メリケン語ができると聞いたが」

「英語は話せます。ですが、メリケン政府との正式な交渉となると、ジョン万次郎（まんじろう）のような通詞がいないと無理だといっています」

「そうか。小栗殿は、フランス語はいかがかな。フランス人と付き合っていると聞いたが」

「フランス語も日常会話ができるくらいでしょうかね。それがしが、間に立って通訳しているくらいですから」

「わしらは、エゲレスやフランスよりも、メリケンと付き合う方がいいのではないか、と思うのだが、磯部さんは、いかがに思う？」

「小栗さんは、ペリーとお会いしてから、メリケンとの交渉を選んでいます。どうも、エゲレスやフランスは、信用がならない、と。英仏は、日頃はあまり仲がよくないのに、こと清国に戦争をしかける時には連合して、清国をいじめる。メリケンは、エゲレスの植民地から独立した国だから、エゲレスやフランスのやり方をよく知っている。英仏は信用してはならない、と」

「さようか。やはりのう。わしも、どうもエゲレスの傲慢な態度、フランスの陰険な立ち回りが気に入らぬ。その点、メリケンは正直に、我が国にいろいろいってくる。正直なところがいい」

「そうでございますな。ところで、さきほどの話ですが」

磯部は龍之介に目をやった。頼母はうなずいた。

龍之介は、聞かれてはまずい話をしていたのか、と察した。

「西郷様、それがしは、これにて、失礼いたします」

龍之介は立ち上がろうとした。

「ははは。そう気を回さずともいい。おぬしは、口が堅い。ここで耳にしたことを、口外することはない、とわしは磯部さんにも申し上げたところだ」

「しかし、それがし、遠慮した方がよかろうかと」

龍之介は立ち上がった。

その時、開け放った襖の陰から、先程の女が廊下に座っていた。

「頼母様、お客様がお越しになりました」

「おう、そうか。御通ししろ」

「はい」

女は後ろを振り返った。

「どうぞ、お入りください」

「失礼いたします」

聞き覚えのある男の声がした。龍之介は驚いて入って来た男を見た。

「頼母様、お久しぶりにございます。突然に御呼びいただいたのは」

男は龍之介を見て、絶句した。

「なんだ明仁（あきひと）ではないか」

龍之介は思わず叫んでいた。

鹿島明仁。やはり什の仲間だ。日新館でも一緒に学んだ仲だった。いまは幕府の最高学府である昌平坂学問所に入って勉学に励んでいるはず。

「龍之介、どうして、ここに」

明仁は泣きそうな顔で龍之介を見ていた。

「ははは。鹿島明仁、龍之介、二人とも、落ち着いて話をしろ」

頼母が呼び出したというのは、鹿島明仁だったのか。龍之介は顔がほころぶのを抑えることが出来なかった。

三

「驚いたな。こんなところで、明仁と会えるとは」

舳先側の席に座った龍之介は、軀を捻って振り向いた。明仁は猪牙舟の中程の席に座っている。

「秋には、文治郎や九三郎も江戸に来るということだし。楽しみだな。権之助は、どうしているのだろう？」

「権之助だけ会津に残るとなると、あいつ、きっと僻むだろうな」

龍之介は小野権之助を思い、舟の行く手を見た。

猪牙舟は運河を進み、神田川に入っていた。川面が陽光を反射して、きらきらときらめいていた。舟は川面を滑るように進んで行く。

右岸の堤に並ぶ柳の枝が風に揺れていた。

船頭は慣れた手捌きで櫓を漕いでいた。

船頭は笠を被っている。龍之介は手をかざし、陽射しを遮った。

川の上は涼しいか、と思ったが、陽射しが強く、木陰がないため、じりじりと焼かれるように暑い。

神田川には、何艘もの猪牙舟や屋根船が行き交っていた。屋根船は障子窓をがらりと開け、風を通している。乗っている女性たちは涼しげに笑っていた。

船尾で櫓を漕ぐ、船頭が大声できいた。

「お客さん、深川は、どこに着けるんで？」

「小料理屋『葦』ってご存じか？」

龍之介は鮫吉の手紙にあった店の名をいった。

「ああ、分かりやした。『葦』なら、二ツ目橋の袂近くでさあ。陸に上がればすぐ目の前に店の看板がありやす」

「そこへ着けてくれ」

「あいよ」

船頭は愛想よく答えた。

龍之介は振り向き、鹿島明仁に大声でいった。

「おぬし、上屋敷で、深川にまだ一度も遊びに行ったことがない、といっていたな」

「ああ。行ったことがない」

明仁はうなずいた。

龍之介は上屋敷で明仁と久しぶりに再会したが、頼母がいたので、ろくに話が出来なかった。本日中に、便りを寄越した鮫吉と会いたかったこともあり、明仁を深川に誘った。

明仁は驚いたことに、江戸に来てから、半年以上になるのに、昌平坂学問所周辺以外に、どこへも行ったことがない、ということだった。寄宿舎と昌平坂学問所を行き来する毎日だった。寄り道もしないし、休みにどこかに行楽に足を延ばすこともない。遊び仲間もいなかったせいもある。学問に忙しく、遊ぶ暇もない、ということだった。

明仁らしいといえば、そうなのだが、若いのに少しは世間を知らねば、と龍之介は思うのだった。

龍之介は呆れた顔でいった。

「あいかわらず真面目一筋な男だなあ。少しは街に出て、江戸の空気を吸わねば。若いのに世捨て人になっちまうぞ」

「狐狼狸が恐い。下手に街をうろついて虎狼痢にかかったら、学問ができなくなる」

江戸に到着したころ、通りすがりの道に横たわる死屍累々の虎狼痢の惨状を見たので、龍之介も虎狼痢は恐い。

そうした路頭に並んだ遺骸は片付けられ、いまでは目にすることもない。

明仁も江戸に来て、きっと虎狼痢の流行を目の当たりにし、足がすくんで外出を控えてしまったのだろう。

「学問も大事だが、社会勉強も大事だぞ。おぬし、そのまま、人生の楽しみも知らずにただ無為に年を取ってもいいのか？」

「人生の楽しみというのは何だ？　女子にもてることか。くだらぬ」

「おい、若年寄り、女子にもてたくないのか。女子と付き合うのは楽しいぞ」

「それがしは、学問をするのが楽しい。女子と話をするのは、時間の無駄だ」

明仁は腕組みをし、憤然としていった。

「明仁、おぬし、まだ童貞だな？」

「何をいうか。そんなことは関係ない」

明仁は顔を真っ赤にして怒鳴った。

「分かった分かった。そう怒るな」

鹿島明仁は、まだ女を抱いたことも、女に抱かれたこともないな、と龍之介は思った。

自分も少し前まで、そうだった。深川の廓（くるわ）に連れて行かれ、遊女の手ほどきで、童貞を失った後、己れの人生観が少し変わったように思う。自分でも驚くほど、他人に寛容になった。物事を考えるのに、以前の自分に比べ、頑（かたく）なではなくなり、少し余裕が出たように思う。大人（おとな）になったというのか。

男は女に変えられる。誰からか、そんな格言を聞いたような気がする。

龍之介は前を向き、神田川の行く手を眺めた。

まもなく大川（おおかわ）に入る。右岸の堤（つつみ）の柳が風に揺らいでいる。

明仁に世間の空気を吸わせたい。女子と逢わせて、人生観を変えさせたい。

それを口実にして、本当は自分が女遊びをしたいのかも知れない。

龍之介は、頭を掻いた。

「ところで、龍之介、さっきの女性、綺麗だったな」

明仁が突然、女の話をしたので、龍之介は驚いて振り向いた。

「誰のことだ？」

龍之介は、上屋敷で見かけた女性だな、と思ったが惚(とぼ)けてきいた。

「千代(ちよ)さんという御女中だ」

龍之介は意外だなと驚いた。

「明仁、どうして、あの女性の名前を知っているのだ？」

「なぜ名前を知っているかって、そりゃ、聞いたからだ」

明仁は、当然のことのようにいった。

「驚いたな。あの千代さん、おぬしの好みか？」

明仁は答えなかった。その代わり、また耳まで赤くなった。龍之介は苦笑し、行く手に目をやった。明仁が龍之介の背にいった。

「千代さん、おぬしのことを訊いてきたぞ」

「それがしのことを？　どうしてだ？」

龍之介は首を捻って後ろを見た。明仁はにやついていた。

「心配していた。龍之介、おぬし、厠で吐いていたそうだな。で、大丈夫か、と」

「そんな話をしていたのか」

「うむ。おぬしが講武所の学生だといったら、千代さんは、知り合いがやはり講武所に入っているとかいって、おぬしのことを根掘り葉掘り聞いてきたぞ」

「何て答えてくれた？」

「会津には、許婚（いいなずけ）がいて、女子にはまったく関心がないと」

「余計なことを」

龍之介は苦笑いした。

だが、待てよ、と思い直した。奈美（なみ）のことは、明仁をはじめ誰にもいっていない。

「ははは。冗談、冗談」

明仁は笑った。龍之介はからかわれていると分かった。

「講武所にいる、その知り合いっていうのは、誰だといっていた？」

「聞いていない」

「知り合いというのは、会津人か？」

「それも聞いていない」

「こいつ。それがしをからかって」

「玄関から書院までのほんの短い時間だ。聞くも聞かないもない。ともあれ、千代さんは、おぬしが気になっていたということだけは確かだ。今度会ったら、自分で訊け」

明仁はにっと笑った。

川は大川の流れに出て、横切りはじめた。

舟は川面の波に揺れた。龍之介は船縁(ふなべり)を摑み、揺れに耐えた。

船頭は川を往来する舟の動きを読みながら、巧みに舟を操り、対岸の掘割を目指して舟を進めた。

掘割に入ると、舟は揺れなくなった。水面を滑るように進んで行く。左岸には、武家屋敷や蔵が並び、右岸は小綺麗な店や小料理屋、居酒屋が密集していた。深川の花街が広がっている。昼間だというのに、どこからか粋(いき)な三味線(しゃみせん)の音が聞こえた。小唄を歌う声も聞こえて来る。

龍之介は、以前田島孝介に深川へ連れられて来た時のことを思い出した。また、自然に右腕が震え出す。仕方なく田島孝介を斬ったが、どうしても悔恨が胸に込み上げて来る。

船頭が大声できいた。

「お客さん、まもなく二ツ目橋の船着場でやす。着けますか？」

「ああ、着けてくれ」

龍之介は気分を切り替えた。いつまでも、くよくよ考えても仕方がない。

船頭は棹を立て、舟を船着場に寄せて停めた。龍之介は舳先から桟橋に飛び移り、舳先を押さえた。明仁も桟橋に乗り移った。

「船頭さん、いくらだい？」

龍之介は船賃を聞き、巾着袋から小銭を出して渡した。

橋の袂の階段を上がり、陸に上がった。

四

船頭がいったように、小料理屋『葦』の看板が掛かった店があった。ちょうど路地に入る角の店だ。

「龍之介、それで、その鮫吉という男だが、信頼できるのか？」

明仁が心配顔で聞いた。

龍之介は笑った。

「信頼できるか、だと？　もちろん、信頼できる男だ。会津掬水組の若頭だ」

「やくざだろう？」

「祭りごとを仕切るテキヤだ。やくざとテキヤは違う。会津掬水組は任侠の徒だ」

「信用できれば、それはそれでいいが」

「何を心配しておる?」

「後で話す」

明仁は答えなかった。

龍之介は、小料理屋の出入り口に立った。

暖簾を潜ると、店の中から、女たちの明るい声が二人を迎えた。

「いらっしゃいませ」

店内の土間には、長い飯台が二台並んでおり、数人の男たちが長椅子に腰を下ろして、酒を飲んでいた。

店の土間の奥に一段高くなった桟敷があった。桟敷は低い屏風でいくつかに仕切られ、丸い飯台を囲んで飲食する客たちの姿があった。

「お侍さん、お二人ですか?」

女将が愛想笑いをしながら、龍之介と明仁を迎えた。小柄な体付きの小太りの女だった。

「女将さん、ここに居候している鮫吉さんは居られるかな」

龍之介は早速鮫吉の名前を出した。

女将は口元を押さえて笑った。

「居候の鮫吉？　まあ」

「鮫吉さんから、こちらに居候しているっていう手紙を貰ったんで、会いに参ったのですが」

「で、あんたたちは？」

「会津藩士望月龍之介、それから、こいつは」

「同じく鹿島明仁」明仁も答えた。

「ああら、あんたが龍之介さんね。鮫吉から、お名前は聞いていましたよ。ここへ御出でになったら、もてなしてくれって」

女将は相好（そうごう）を崩した。

「さようか。それで、鮫吉さんは、どちらに」

龍之介は店の奥の桟敷で飲んでいる町人に目をやった。

「いま、誰かを呼びに行かせます。そろそろ仕事を終えて長屋に帰るころですから。すぐに飛んで来るでしょう。それまで、どうぞ、奥の桟敷でお飲みになっていてください」

女将は龍之介の腕を摑み、奥の桟敷席に連れて行った。明仁が後から付いて来た。

桟敷席では、円い飯台を囲むようにして、四人の町奴たちが談笑しながら酒を飲んでいた。女将は町奴たちに命令口調でいった。

「あんたら、ちょっと席を空けな。こちらのお客人たちの席を作るんだから」

「なんでえ。女将、いくら若い侍さんたちが来たからって、おれたち常連を追い出して……」

町奴たちはひんがら目でくだを巻いた。

「おだまり、丁吉。こちらのお侍は、鮫吉親分のお客人だよ。なにかい、あんたら鮫吉親分のいいつけが守れないというんかい」

「いやそういうわけではねえんで」

鮫吉の客人と聞いて、四人は顔を見合わせ、急に大人しくなった。

「さあ、立って立って。それから、丁吉、あんた、ひとっぱしりして、鮫吉親分に知らせてちょうだい。龍之介さんたちが御出でになったっていうんだよ。大至急に店に来てちょうだいって」

「へい」

丁吉と呼ばれた男は、女将にいわれて、のそのそと立ち上がった。着物の裾を摑み、尻っ端所りにすると、土間に飛び降りた。丁吉は戸口から走り出ると、どこかに姿を消した。

「ほらほら、あんたたちも、ここの席をあけて、土間の席に移るんだよ」

「女将さん、それがしたちが、土間の方で」

「いいんだよ。こいつら、鮫吉親分のツケで、こうして飲んでいるんだから」

女将は龍之介と明仁に笑った。

残った三人も立ち上がり、飲み残したお銚子や煮物の皿を抱え、土間の席に移って行った。

「さあさ、お二人さん、上がって上がって」

女将は龍之介の腕を取り、桟敷席に上がるように促した。

「では、御免」

龍之介は雪駄を脱いで桟敷に上がった。明仁も少しおどおどしながら、桟敷席に上がる。

龍之介と明仁は、丸い飯台の前に座った。町奴たちが座っていた席は、まだ人の温もりが残っていた。

「お二人のお侍さんたち、何を飲むかね。お酒、いけるんでしょう?」

「ええ。でも、まあまあです」

龍之介はうなずいた。

葡萄酒では悪酔いしたが、上方(かみがた)からの下り酒では、まだ一度も悪酔いしたことがない。自分では、酒がいける口かも知れないと自負していた。

明仁も急いで付け加えた。

「拙者は、お茶をいただけないかと」

女将はにこにこしながら笑った。

「お茶けね。はいはい、分かりました。少々お待ちくださいね」

女将は笑いながら台所の方に、いそいそと引き揚げて行った。

龍之介は胡坐をかいて座った。明仁も龍之介の隣に膝を崩して座った。

「明仁、上屋敷では、口を濁していたが、昌平坂ではいったい何の騒動が起こっているというのだ？　ここなら誰も聞いていない。話せ」

明仁は周りを見回し、誰も聞いていないのを確かめてからいった。

「幕閣筋から洩れた話では、この夏、井伊大老が強権を発動し、尊皇攘夷派と一橋派をまとめて根こそぎ排除する大弾圧をやるというのだ」

「まとめて根こそぎだと？」

「うむ。上は水戸藩の藩主から、下は市井の志士にいたるまで、尊皇攘夷派と一橋派をひとまとめにして叩き潰す。そのため、井伊大老は大目付や目付以下、外国奉行から町奉行に至るまで通達を出し、尊皇攘夷を主張する輩の摘発と捕縛を命じた」

「一橋派は尊皇攘夷派ではないだろう？」

「井伊大老としては、いまの幕府に歯向かう者は、誰であれ、全員、反幕府派として取り締まる方針だ。そのため、取り締まる対象者の名簿が作られているらしい。学問所の先生方は自分の名前が、その名簿にあるのではないか、と怖れているのだ」

「学問所に尊皇攘夷派や一橋派の学者がいるのかい？」

「学問所には儒学派の学者や国学派の学者がいる。儒学派と国学派は、日頃対立していて仲が悪いのだが、反井伊大老では一致している。儒学派には一橋派が、国学派には尊皇攘夷の水戸学派に繋がる学者が多い。それで、先生方は井伊大老に睨まれているのではと、疑心暗鬼にとらわれ、戦々兢々となっているんだ」

「学者先生たちも自分の身が可愛いか。学者も人の子だな」

龍之介は笑った。

明仁は真顔でいった。

「笑い事ではない。学生たちも動揺している。学生たちのなかには尊皇攘夷に共感し、密かに志士たちと連絡を取っている者もいる。そいつらも自分たちに司直の手が伸びるのではないか、とびくびくしているんだ」

「明仁、まさか、おぬしも、尊皇攘夷にかぶれておるのではあるまいな」

明仁はあたりをきょろきょろと窺った。

「尊皇攘夷にかぶれてはおらぬ。だが、龍之介、おぬしだから話すのだが、おれも密かに志士たちの集まりに顔を出していた。だから、対象者の名簿に、おれの名が載っているかも知れぬのだ」

「やれやれ、なんてやつなのだ、おまえって男は。わざわざ、危ない火の中に飛び込むなんて」

龍之介は頭を振った。明仁は腕組みをして目を瞑った。

「それがしも男だ。万が一の場合には……」

「逃げろ」

龍之介は即座にいった。

「逃げろだと?」

明仁は目を剝いた。

「そうだ。無駄に命を棒に振るな。俺は気付いた。この世は生きてなんぼだぞ。生きてこそ華だ。無駄に命を捨てることはない」

「そんな卑怯（ひきょう）な真似はできん」

明仁は息巻いた。龍之介は真顔になった。

「明仁、俺は人を斬った。斬って殺した。二人もだ」

「……なに、本当か」

「本当だ。俺は二人の命をこの世から消してしまった。俺は人殺しだ。刀が相手の身体に入っていく時の、ぬるりとした嫌な手応えが、どうしても消えないんだ」

右腕の震えが始まった。龍之介は左手で必死に押さえた。明仁は目を丸くして、龍之介の様子を見ていた。

「おぬし……」

「その時、俺は思った。命の儚（はかな）さをな」

「…………」

「だから、卑怯もなにもない。男も何もない。ともかく、逃げろ」

龍之介は震える腕を押さえながらいった。

明仁は身を硬くして動かなかった。

「はーい、お待ちどおさま」

仲居の女が盆にお銚子や湯呑み茶碗を載せて運んで来た。顔立ちの整った美形の仲居だった。眉が濃くて、きりっと吊り上がり、黒い瞳が龍之介と明仁をきゅっと見つめている。

「おう。やっと酒が来たか。待っていたぞ」

龍之介は左手で盆に伏せてあった盃を取り、仲居に差し出した。

「はい、おひとつどうぞ」

仲居はお銚子を龍之介の盃に傾けた。ほんのりと温かい酒が盃に注(つ)がれた。

「はい、あなた様も、どうぞ」

仲居は微笑し、明仁にお銚子を向けた。

「そ、それがしは、茶を」

「明仁、こんな美人の仲居さんが勧める酒を飲まぬとは、男じゃないぞ」

龍之介は盃の酒を飲みながらいった。

「そうですよ。明仁さま」

仲居は科(しな)を作って笑い、盃を明仁に押しつけるように渡した。明仁は怖ず怖ずと盃を受け取り、そっと差し出した。

「はい、どうぞ」

仲居は銚子の酒を盃に注いだ。

明仁は仲居に見蕩れ、震える手で盃を持っていた。仲居はにこやかに笑った。

「まあ、初心なお侍さま」

明仁は盃の酒をくいっと飲み干した。

「まあ、男らしい」

仲居は空いた明仁の盃に銚子の酒をなみなみと注いだ。明仁は仲居に見蕩れたまま、その盃の酒も一口で飲んだ。

「あら、明仁さまは、いける口じゃないですか」

仲居はまた明仁の盃に酒を注いだ。

「おいおい、それがしの方も忘れないでくれ」

龍之介は仲居に自分の盃を差し出した。

「あらあら、御免なさいな。はい、どうぞ」

仲居は笑い声を上げながら、龍之介の盃にも酒を注いだ。

その間に明仁は盃を空けていた。

「あらあら、気付かないで御免なさいな」

仲居はまた明仁の盃に酒を注いだ。明仁はまたも盃をくいっと飲み干した。

「おいおい、明仁、おまえひとりだけで飲まず、仲居さんにも飲んでもらうんだ」

龍之介は笑いながらいった。仲居は明仁の手から盃を取って差し出した。

「では、お流れを」

明仁はどうしたらいいのか分からずにいた。

「明仁、今度は、おまえが仲居さんの盃にお銚子の酒を注ぐんだ」

「こ、こうか？」

明仁はお銚子を両手で持ち、仲居の盃に震えながら注いだ。仲居は嬉しそうに笑い、盃を赤い唇に運び、酒を飲んだ。空にした盃の縁を指で拭い、明仁に戻した。

「お酒、おいしゅうございました。ご返杯です」

仲居はお銚子を明仁の盃に傾けて注いだ。お銚子は空になった。仲居は龍之介に目をやった。

「どうなさいます？」

「三本、頼む」

仲居はにっこりと笑った。

「女将さん、お銚子、三本追加をお願いします」

仲居は大声でいい、台所の方から、「あいよ」という返事があった。

「明仁、おぬし、結構いけるじゃないか。おれよりも飲みっぷりがいい」

龍之介は明仁をからかった。仲居も明仁を誉めた。明仁は赤い顔で、いやいや、そんなことはない、と手を振った。

「あ、親分……」

土間の飯台にいた町奴たちが一斉に立ち上がって、店に入って来た男に頭を下げた。

「お客人がお待ちです」

入って来たのは丁吉を従えた鮫吉だった。

「おお、龍之介さん、お待たせしやした」

鮫吉は相好を崩しながら、土間に入って来た。女将が出て来て、丁吉を労(ねぎら)っていた。

「おお、鮫吉さん、しばらく」

「龍之介さん、ほんとに訪ねて来なすったね。ご無沙汰してました」

鮫吉は桟敷に上がり、飯台の前に正座して頭を下げた。龍之介は慌てて座り直した。

「鮫吉さん、膝を崩してください。我らも崩していますんで」

「そうですかい。じゃあ、失礼します」

鮫吉はどっかりと胡坐をかいた。

「ところで、龍之介さん、鮫吉と呼び捨てにしてくださいな。前にそうなさったように」

「分かりました」

龍之介はうなずいた。鮫吉は明仁に酒を注いでいる仲居にいった。

「おい、お妙、お連れさんに、あまり酒を飲ませるな。酔っ払ってしまうぞ」

「はい、親分さん。でも、明仁さまが、どうしても注げって。止めてもだめなんです」

仲居は銚子を軀の後ろに隠した。

「どこに銚子を隠した？　こっちか」

明仁は仲居の陰に手を伸ばして銚子を探している。仲居は明仁の手を逃れようと身を捩り、きゃっきゃと声を上げていた。

龍之介は明仁の様子に呆れた。

「明仁、おまえ、酔ったな」

考えてみれば、明仁も龍之介も、昼飯を食べていない。すきっ腹に酒を飲んだので、急に酔いが回ったのに違いない。

「酔ってない。酔ってない」

「酔ってないというやつは、たいがい酔っているもんだ」

「大丈夫だ。おれは素面だ」

龍之介は揺れる明仁の軀を押さえた。

「明仁、しっかりしろ。鮫吉さんに挨拶しろ」

龍之介は鮫吉にいった。

「こいつは幼馴染みの鹿島明仁と申します」

「鹿島明仁でござる」

明仁は背筋を伸ばして座り直し、しゃんと姿勢を正した。

「いやあ、あっしの方から先に挨拶しないといけませんでしたな」

鮫吉は座り直し、明仁に頭を下げた。

「あっしは会津掬水組の若頭鮫吉にございます。どうぞ、よろしうお見知りおきください」

「それがしこそ、よろしくお願いいたす」

明仁は飯台に両手をつき、ちょこんと頭を下げた。一瞬飯台が傾き、空になった銚子や盃が床に転がり落ちた。土間まで転がった銚子が音を立てて割れた。

「おっと、大丈夫ですか」

鮫吉が傾いた飯台を押さえた。

土間の飯台で飲んでいた丁吉たちが急いで駆け寄り、割れた銚子の欠けらを拾って片付けた。

「まあまあ。明仁さま、大丈夫ですか」

仲居が明仁の軀を支えた。

「大丈夫、大丈夫。お妙さん、おぬしこそ、酒がかからなかったか」

龍之介は笑った。明仁は鮫吉がいった仲居の名前をちゃんと覚えていた。

騒動を聞いて女将が台所から出て来た。

「お妙、お客さまにお怪我はなかったかい？」

女将はお妙に手拭いを渡した。お妙は明仁の小袖や袴にかかった酒の雫(しずく)を手拭いで拭う。

「大丈夫。女将、御免。それがしが失敗した。許してくれ」

明仁は女将に頭を下げた。

「まあまあ、大丈夫ですよ。銚子の一本や二本、壊れたってなんてことはない」

鮫吉がにこやかにいった。

「龍之介さん、さあ、飲み直しましょう。久しぶりの再会だ。女将、酒をどんどん持って来てくんな。丁吉たちにも、酒や食物を振る舞ってくんな。お代はおれにつけてくんな」

「鮫吉さん、お代はそれがしが……」

龍之介が慌てていった。鮫吉が龍之介を手で制した。

「鮫吉と呼んでくださいな。ここはあっしのシマでやす。龍之介さんに払わせたら、あっしの面子（めんつ）が立たない」

鮫吉は女将にいった。

「漬物でも何でもいい。適当にみつくろってくんな。そうだ、今朝釣れた鯛（たい）が一尾あったろう。そいつを焼いて持って来てくれ」

「あいよ。板前さん、めでたい一丁、焼いてちょうだい」

女将が台所に大声でいった。台所から、すかさず「あいよ」という声が返った。

「女将、こいつらには酒を頼む」

鮫吉は土間の飯台で飲んでいる丁吉たちに顎をしゃくった。

「はいはい。お妙、ちょいと手伝って」

女将は仲居にいった。

「はい。では、明仁さま、戻って来るまで、大人しくしているのよ」

「はい」

明仁は神妙にうなずいた。

「まあ、いい子ねえ」

お妙は笑いながら、明仁の肩を軽く叩き、女将と一緒に台所に引き揚げて行った。

鮫吉は龍之介に向いた。

「ところで、龍之介さん、酒が回らぬうちに、真面目な話をしておきましょう。その後、調べの方はいかがですか?」

「その話だが、講武所に入ったのはいいが、休みの日しか調べものができなくなった。今回の休みも十日間しかないんだ」

「ははは。十日もあるんですかい。大丈夫でやす。あっしたちが調べるのを手伝いやす。何でも申し付けください」

明仁が割り込んだ。

「龍之介、調べることがあるなら、それがしも手伝うぞ」

「うむ。ありがとう。おぬしにも頼もう」

「任せろ。なんでもいってくれ」

明仁は胸を叩いた。

「鮫吉さん、いや鮫吉。その相談に来たのだが、おぬし、万字屋(まんじゃ)を存じておるか?」

「知ってやす。向島(むこうじま)で店を開く卸し業です。万字屋の主人は与兵衛(よへえ)という元侍あがりの商人です」

「その万字屋に助蔵(すけぞう)という番頭か手代がいる。毒殺された筧主水介(かけいもんどのすけ)さんが、死ぬ前に御新造に言い残したんだ。兄真之助の乱心の真相は、万字屋の助蔵がすべて知っていると」

「万字屋の助蔵ですね。分かりやした」

「それから、万字屋の仕事、与兵衛の素性、万字屋と我が藩の関係はどうなっているのか、分かることはすべて知りたい」

「ようがす。調べておきましょう」

鮫吉が大きくうなずいた。

明仁は軀を揺らしながら呂律(ろれつ)が回らない口調でいった。

「万字屋……与兵衛だな。それがしも……調べておく」

「頼むぞ、明仁」

龍之介は鮫吉と顔を見合わせて笑った。

「はーい。お待ちどおさま」

お妙が盆に何本ものお銚子を運んで来た。その後から、女将が大ぶりな鯛を載せた大皿を持って来た。鯛の焼いた芳しい香があたりに漂いはじめた。

「さあさ。みなさん、仲良く食べましょうね」

女将とお妙は、大ぶりな鯛を箸で解し、小皿に分けていく。

「さあ、龍之介さん、さっきの話は脇に置いて、飲みましょうや」

鮫吉は龍之介の盃や明仁の盃に銚子の酒を注いだ。龍之介も銚子を取り上げ、鮫吉の盃に酒を注いだ。

龍之介は配られた鯛を箸で摘み、口に運びながら、盃の酒を飲んだ。

龍之介は鮫吉や明仁、お妙とたわいない四方山話をし、冗談をいいあっては笑い、何杯も盃を重ねた。

開け放った窓から、ようやく涼しい風が流れ込みはじめていた。太陽はだいぶ西に傾き、空を赤く染めはじめていた。

龍之介は、明仁を見た。

お妙に差されるまま、何杯も盃を空けていた明仁は、だいぶ酩酊しているようだった。

お妙が何事かをいいながら、また銚子の酒を明仁の盃に注ごうとした時、突然、明仁が立ち上がった。

「どうなさったのです？」

お妙が驚いて明仁を見上げた。

「おしっこ。厠へ行きたい」

龍之介は噴き出した。

「お妙、案内してやんな」

鮫吉も笑いながらいった。お妙は笑いを堪えながら立ち上がり、明仁の腕を取った。

「はいはい。こちらですよ」

明仁はお妙に支えられながら、店の裏の方によろめき歩いて行く。

龍之介は鮫吉の盃に銚子の酒を注ぎながらいった。

「鮫吉。一つ頼みがあるんだが」

「なんでやす」

「今夜、あのしようがない酔っ払いの面倒をみてやってくれないか？　金はそれがしが払う」

「明仁さんの面倒ですか？」

鮫吉は訝しげな表情になった。

「あいつ、まだ女を知らないんだ」

鮫吉はにやっと笑った。

「ようがす。そういうことなら、任せてください。龍之介さんは、いいんですかい」

「それがしはいい。すでに儀式は済ませてある」

「分かりやした」

「それがしは、これでふける。行くところがある。明仁には適当にいってくだされ。頼みます」

「分かりやした。龍之介さんも、馴染みの女のところに行ったらしいとでもいっておきましょう」

「それがいい。そういえば明仁もそれがしを気にしなくなる」

「明日、どうします」

「三田藩邸に迎えに舟で来てくれぬか。向島に連れて行ってほしい」

「いつお迎えにあがればいいですか?」

「昼過ぎがいい」

「へい。分かりやした」

「では、御免」

龍之介は立ち上がった。

酔いが回っていた。足元が少しふらついた。

女将が飛んで来た。鮫吉が止め、女将に囁いた。女将は事情が分かり、にっこりした。

「じゃあ。女将さん。ごちそうさんでした」

「お気を付けて」

女将が見送りに出ようとした。鮫吉が手下の町奴にいった。

「誰か、船着場までお送りしろ」

「あっしが送ります」と丁吉が立った。

「かたじけない」

龍之介はふらつく足で店の敷居を跨いで外に出た。

あたりは薄暮に覆われていた。夕餉の支度をする煙が路地に漂っていた。

「こっちでやす」

丁吉は龍之介の先に立って歩く。

橋の袂の船着場で、丁吉は振り向いた。

「舟、呼びましょう。お待ちください」

掘割に沿った通りが見通せた。通りの先に見覚えのある店があった。小料理屋『美世』。田島孝介の連れ合いがやっている店だ。

どうしようか、と龍之介は思った。田島孝介を斬ったことを詫びに行く。わけを話して、許してもらう？

「舟が来ました」

丁吉の声が聞こえた。

いや、だめだ。美世さんは、決してそれがしを許してはくれまい。逆に、どうして斬ったのか、と詰問されるのがオチだ。

「どうしやした？」

丁吉が、立ちすくんだ龍之介の顔を覗き込んだ。収まっていた右腕の震えがまた始まった。

「いや、なんでもない。ありがとう」

龍之介は船着場の階段を一歩一歩下りた。一艘の猪牙舟が桟橋で待っていた。龍之介は丁吉に礼をいい、舟に乗り込んだ。

「三田の会津藩邸にやってくれ」

龍之介は船頭に告げ、目を瞑った。右手はぶるぶると震え続けた。

五

朝、龍之介はいつもと同じ卯ノ刻（六時）に目が覚めた。

講武所の起床喇叭は聞こえなかったが、軀が起床の刻限を覚えていた。

龍之介は教練用の短い洋袴を穿き、上半身裸になって、広大な練兵場に飛び出した。朝霧の中、練兵場の柵に沿って駆け出した。

練兵場の内側を走るだけで、およそ半里（二キロメートル）はある。

練兵場では朝早くから馬を調教する馬廻り組の者たちがいたが、上半身裸の龍之介の走る姿に驚き、馬の調教を止め、呆然と眺めていた。

駆けるのをやめた後、龍之介は、その場で木刀の素振りを行なった。素振り五百回。全身に汗をかく。

井戸端で、何杯も頭から冷水を浴び、火照った軀を冷まし、汗を流した。

昨日の酔いは、すっかり醒めて、爽快な気持ちになった。右腕の震えは消えていた。

食堂に行った。洋式の飯台がずらりと並び、鉄砲組の藩兵や足軽隊の隊員たちが、四角い盆に丼の容器や大皿を載せて、配膳係の前に列を作っている。

龍之介も四角い盆を抱え、藩兵たちに混じって並んだ。藩兵たちは、上士の龍之介が列に加わって並んだことに驚いたが、何もいわなかった。配膳係は龍之介を見て、一瞬怪訝な顔をしたが、龍之介がほかの者たちと同じように盆を差し出したので、味噌汁の椀、大盛りの丼飯、卵と納豆の入った小鉢、焼いた干物の魚を大皿に盛り付けた。

龍之介は、それらを載せた盆を持って飯台に戻り、藩兵や足軽たちに混じって、食事をした。

藩兵や足軽たちは龍之介の周りには、誰も座らなかった。話しかける者もいない。

龍之介が食事を終えるころに、のっそりと笠間慎一郎が食堂に現われた。

「おはようございます」

「おう、龍之介、休みだというのに早いな」

笠間は盆を配膳係のところに持って行き、丼飯と味噌汁、卵と納豆、焼いた干物の魚を皿に載せて戻って来た。

笠間は丼の飯に卵を割ってかけた。醤油を垂らし、箸でかき回し、卵の黄身で黄色くなった丼飯を口に運び出した。笠間は口をもぐもぐさせながら訊いた。

「昨日は、どうした？　頼母様に呼び出され、上屋敷に行ったきり、夜まで戻って来なかったな。何かあったのか？」

龍之介は、頼母から聞いた話を掻い摘んで話した。

「そうか。五月女文治郎、河原九三郎、川上健策の三人が来るというのか。これは、おもしろくなるな」

笠間は大いに喜んだ。笠間はよほど嬉しかったのか、珍しく饒舌になった。

「俺は筆頭小隊とかいわれる第一小隊に配属されたが、これが、とんでもない小隊でな。俺は、おまえの小隊に配転されたいよ」

「いったい、どうしたというのです？」

「第一小隊長の大舘戎兵衛は直参旗本、石高二千石の家柄を誇る大身の倅だ。親父は幕閣の一人で、たしかに偉いと思うが、倅の戎兵衛は小隊長だというのに、しっかりと指揮は執れない。ただ親父が大身旗本であることを吹聴して、威張りくさっているだけ。仕方なく副小隊長が指揮を執るのだが、この副小隊長も機転が利かぬ男で、いつも第一小隊は、ほかの小隊に後れを取っている」

「そうですか」

「教練行軍する場合は、小隊長、副小隊長を適当に休ませて、俺と分隊長たちで、隊を引っ張るしかない。だから、筆頭小隊っていうのは本当に名前だけだ」

「道理で第四中隊長の竜崎大尉は、教導隊として、第一小隊を使わないですね」

「あんな小隊は、いざ戦になったら、真っ先に逃げるか、全滅するだろうよ」

「笠間さんは、訓練中、どうしているんですか」

「仕方ないから、小隊長や副小隊長の脇に付いて、俺があれこれ意見具申する。それで、ようやく第一小隊を保っているようなものだ。学生隊でなかったら、ああいう大身の旗本連中は、クビだろうな」

「そんなにひどいのですか。だったら、下士や足軽、士分たちの寄せ集まりの第四小隊の方が、よほどいいですね。隊としての結束は強いし、蔵原小隊長は温和な性格だけど、教練では何でも率先して自ら進んでやる。指揮を執るのも上手だ。四個の分隊をよくまとめています」

「第四小隊長の蔵原さんは、たしか旗本ではなく、御家人ではなかったか」

「ええ。そうです」

「おれは、時々、おぬしたち、第四小隊の教練の様子を見ていた。第四小隊の四つの分隊は、どれをとっても元気があり、まとまっている。うちの第四中隊は、本当はおぬしら第四小隊が筆頭小隊で模範となり、ついで第三小隊、第二小隊が続き、第一小隊が最低なダメ小隊になるのが、本当の姿だろうな。きっと中隊長の竜崎大尉は、そのことをよく分かっているから、おぬしのいる第四小隊をいつも重用しているのだ」

「上の先生たちは、大身旗本のだめさ加減をご存じなのですかね」

笠間は沢庵をぽりぽりと齧りながらいった。

「知っているはずだ。だけど、講武所の幹部たちも同じ旗本なので、何もいえない。大身旗本に、小旗本や御家人は頭が上がらないんだ」

笠間は納豆を丼飯の上にかけて、箸で掻き回した。納豆の匂いが立ち上った。

「ですが、勝海舟先生は、たしか、旗本御家人ではなく足軽だったと思いますよ。しかし、幕閣は身分の違いなど無視して、勝先生の見識の高さや人物、才能を見抜き、要路に抜擢した。勝先生は、いまや海軍切っての実力者。海軍教授所の教授だし、軍艦奉行並でもある。いまや実力のある者が、上位に上がる、そういう時代だと思いますね。ぜひ、講武所も、そうなってほしいものです」

「幕府だけではないぜ。我が会津藩も実力主義にならねば、世界に遅れを取る。いまの世の中、侍だけの社会ではない。上も下もなく、みな一緒に力を合わせる必要がある。そういう雑多な人間が寄り集まった世界が一番強いのではないか。おぬしたち第四小隊のようにな」

笠間は丼飯を箸で掻き込みながら、食べるのを終えた。

「ま、お互い、疲れて消耗しないよう適当にやろうぜ」

笠間は立ち上がり、大欠伸をした。

「おれは部屋に戻り、もう一眠りする。講武所に戻ったら、こんな自堕落な生活はできないからな」

笠間は爪楊枝を銜え、悠然と食堂から出て行った。

龍之介は講武所の実態をまざまざと見せ付けられた思いがし、愕然とするばかりだった。

いかん。のんびりしている場合ではない。

龍之介は忘れていたことを思い出し、立ち上がった。

鉄砲組の組頭河原仁佐衛門に、九三郎が選ばれ、秋には講武所に入ることになる、と教えねば。河原仁佐衛門は息子に会えると分かって、きっと大喜びすることだろう。

龍之介は食器を洗い場に戻すのもそこそこに、鉄砲組詰め所へと向かった。

六

昼を告げる太鼓の音が響いていた。

龍之介はいつでも出掛けられるように、部屋で身仕度を整えていた。

やがて、門番の若者が駆けて来た。

「望月龍之介様、会津掬水組の使いを名乗る者が訪ねて来ましたが、いかがいたしましょう」

「使いを待っていたところだ。すぐ参ると伝えてほしい」

「はい」

門番の若者は慌ただしく駆け戻った。

龍之介は腰に脇差し一振りを差し、雪駄を履いて、宿舎を出た。

三田藩邸の正門前には、昨日の丁吉が門前の庇(ひさし)の陰で待っていた。昼間見ると丁吉は狐のように両目が左右に吊り上がった顔をした男だった。細い目が太陽の陽射しの中で、さらに細くなっていた。

鮫吉の姿はなかった。

「お待たせした。親分は？」

「向島の万字屋近くで、龍之介様をお待ちしています。あっしが、店までお連れいたしやす。舟を用意しました。一緒にどうぞ」

丁吉は腰を低め、先に立って歩いた。

一艚の舟が、いつもの船着場で待っていた。

丁吉は舳先に乗り込んで座った。龍之介は舟の中程の席に座った。

丁吉は船頭に合図した。船頭は舟を棹で押し出し、櫓を漕ぎ出した。猪牙舟は掘割の水面を滑り出した。

「丁吉さん、万字屋について、何か分かったことがあるかい？」

「あっしが店を訪ねて、助蔵さんはいるか、と聴いたんでさあ。すると、助蔵なんて野郎はいねえという返事なんで」

「いない、と申すのか」

「そんなはずはねえ、といったんですが、番頭の野郎、頑として答えなかった」

「どういうことかな？　辞めたのかな」

「いえ。それで、うちの組員の秀造が、店の手伝いの女を捉まえ、金を渡して尋ねたところ、たしかに助蔵という大番頭がいると分かったんでさ」

「大番頭だったのか」

「ただし、主人の与兵衛が、どこかに連れ出し、そのまま戻って来ないってんでさ」

「どうしたのだろう？」

「どうやら、与兵衛が、どこかに助蔵を隠したんじゃねえか、ってえのが親分の読みで、いま与兵衛を張り込んでいるところでさあ」

龍之介は腕組みをして考えた。

おそらく主人の与兵衛は、誰かに寛主水介が毒殺されたことを聞いたのに違いない。

寛主水介を毒殺したのは、半蔵(はんぞう)だと分かっている。

半蔵は、寛主水介が死に際に御新造に、兄真之助の乱心のわけを知りたかったら、万字屋の助蔵を訪ねよ、と言い残したのを、きっと聞き付けたのに違いない。

龍之介と大槻弦之助(おおつきげんのすけ)は、半蔵を雪国の秘湯の宿で、もう少しのところで捕り逃がしてしまった。その半蔵が、江戸に戻り、与兵衛に知らせたのだろう。きっと龍之介が訪ねて来ると告げ、助蔵をどこかに隠せといったのではなかろうか。とすると、半蔵と与兵衛は以前からの知り合いということになる。

知らされた与兵衛は助蔵をどこかに連れ出して隠した。もしかすると、助蔵は消されたかも知れない。

猪牙舟は早くも神田川に出た。

昨日に引き続き、かんかん照りのいい天気だった。わずかに昨日よりは、川風が吹き寄せているのが救いだった。日除けのため、今日は手拭いを用意してある。

その手拭いを頬っ被りし、暑い陽射しを避けた。それでも、汗が額や首筋に流れ落ちる。

猪牙舟は大川に出、少し遡(さかのぼ)って、ようやく向島に着いた。

丁吉は船頭に、舟を向島の手前の船着場に着けるようにいった。

ほどなく、舟は向島の掘割に入り、蔵が並んだ岸の船着場に着いて止まった。

丁吉は身軽に岸に飛び移った。龍之介も丁吉に続いた。

岸に上がると丁吉は、あたりを見回し、「こっちでさあ」といって先に立って歩き出した。

龍之介は丁吉の後を追って歩く。

やがて、何軒もの商店が並ぶ通りに出た。

人の通りも多くなり、そこが向島の商店街だと分かった。

丁吉は小さなお稲荷(いなり)さんの鳥居の前で足を止めた。お稲荷さんの叢祠(そうし)の陰から、のっそりと鮫吉が立ち上がった。

鮫吉が龍之介に囁き、指差した。

「商店が並んでますが、その真ん中にある大きな店構えの店が万字屋でさあ」

龍之介は店先を眺めた。人の出入りが多い。だいぶ繁盛している店のようだった。

鮫吉が龍之介の腕を摑んで引いた。

「ちょっと、こっちに」

鮫吉は龍之介を路地に連れ込んだ。

龍之介は鮫吉に囁いた。

「丁吉から聞いた。万字屋の与兵衛の動きを見張っているのだろう」

「それもあるんですが、張り込んでいるうちに、妙な人を見かけたんでさ」

「妙な人って誰のことだ？」

「それが、見覚えはあるんですが、どうも思い出せない」

「いったい、どこで見かけた人なんだ？」

「会津ですよ。たしかに会津で見かけた野郎なんで」

「会津のどこで見かけたのだ？」

「あっしが仕切っていた祭りの場でさあ。だから諏訪神社（すわじんじゃ）の境内だったと思いやす」

鮫吉は腕組みをし、考え込んだ。

「間違いねえ。あいつは部下を連れて、参拝に来ていた。藩の偉いさんだ」

「その侍は、いま万字屋の店内にいるのか？」

「へい。小半刻前に、何人か連れ立って店の中に入ったんでさ。まだ出て来ない」

「よし。それがしが」

「よしなせえ。せっかく、与兵衛を張り込んでいるんだ。龍之介さんが動いて、与兵衛が張り込みに気付いたら、元も子もなくなる。そのうち出て来るでしょうから。待ちましょう」

鮫吉は落ち着いた声でいった。

龍之介はやきもきした。路地にいては、店の様子が分からない。

「心配しなさんな。大丈夫、あっしの手下が、四方八方から店先を見張ってやすんで」

「四方八方から？ それがしも、張り込みに加わりたいが」

鮫吉はちちちと口を鳴らし、人差し指を左右に振った。

「何か動きがあったら、すぐに合図があるんです。果報（かほう）は寝て待て、という格言があるでしょうが」

「ふうむ」

龍之介はため息をついた。

「龍之介さん、昼飯は食いましたか？」

「いや。食べる暇がなかった」

「近くに美味い蕎麦（そば）屋がありやす。そこに行って蕎麦を食いながら、待ちましょう。

「いいから、ここは、丁吉たちに任せて、あっしらは、休んでおきましょう。きっと、張り込みは長丁場になりやす。腹拵えして、いざという時に備えるのが一番です」

「しかし」

「ここは暑い」

鮫吉は丁吉に「何かあったら、蕎麦屋に来い」といい、龍之介の腕を摑んで、歩き出した。

龍之介は仕方なく、鮫吉について行った。

通りを一町と離れない所に、蕎麦屋があった。鮫吉は蕎麦屋「信濃」の暖簾を潜り、店内に入った。

店内は日陰ということもあり、涼しかった。軒下に吊るした風鈴が涼しげな音を立てていた。

近くの林から蟬の声も喧しく響いて来る。

二人は店の中の飯台に座り、店主に盛り蕎麦を二枚頼んだ。さらに鮫吉は、冷えた酒を二杯注文した。

「あの鹿島明仁様の件ですが」

鮫吉はにやりと笑った。

「お、どうした？　うまく行ったか」

「はじめは、龍之介さんがふけたことに怒っていましたが、お妙がうまく宥めて」

「お待ちどおさま」

店の女将が盛り蕎麦を持って来た。ついでに酒が入った湯呑み茶碗を二つ。

「それで首尾は？」

「お妙が鹿島明仁様を離れの部屋にお連れして、儀式は無事満願成就したそうです」

「さようか。それはよかった」

「では、お祝いということで」

「うむ」

龍之介は鮫吉と湯呑み茶碗で乾杯した。

明仁のやつ、きっと変わるだろう、と龍之介は思った。

二人が盛り蕎麦を食べている時、暖簾を払って丁吉が入って来た。肩で息をしている。

「親分、与兵衛が……」

「動いたか」

鮫吉はにんまりと笑った。

龍之介は慌てて食べかけの蕎麦をずるずると飲み込んだ。丁吉が吐き出すようにいった。

「……斬られやした」

「なに、与兵衛が斬られた？」

鮫吉と龍之介は思わず、顔を見合わせた。

「鮫吉、行こう」

龍之介は脇差しを押さえ、店から飛び出した。鮫吉が少し遅れて追って来る。

いったい、何が起こったというのだ？

龍之介は走りながら考えた。

与兵衛が殺されたとしたら、助蔵の命も危ない。

第三章　必殺兜割り

一

　万字屋の店の前に大勢の人だかりが出来ていた。

「どけどけ、どきやがれ」

「邪魔だ。見せ物じゃやねえ」

　鮫吉の子分の町奴たちが声を嗄らして、野次馬たちを店に近付かせまいと追い払っている。

　女の泣き叫ぶ声が店から聞こえる。

　龍之介、ついで鮫吉が、人だかりの中に駆け込んだ。すぐさま町奴たちが野次馬を押し退け、通り道を作った。

「どこだ？」

「この奥でさあ」

龍之介は脇差しを押さえながら、鮫吉と一緒に店内に駆け込んだ。

店のたたきで半狂乱になって泣き喚く女と、手足を振るって暴れる女を必死に押さえる番頭や手代たちがいた。

「与兵衛はどこだ？」

龍之介は、うろうろしている店の者たちに、怒鳴った。呆然と立っていた手代が声も出せず、震える指で帳場を指した。

帳場の前の床板に、朱に染まった男が俯せに転がっていた。紋付羽織は破れ、男は顔を床板に付け、不恰好に手足を広げている。あたりに大量の血が飛び、男の軀の下に、大きな血溜りが広がっていた。

店に居合わせた客たちは総立ちになり、口元を手で押さえ、恐る恐る帳場の前の板の間を覗き込んでは、ひそひそと話をしていた。

男は明らかに死んでいた。ぴくりともしない。遠目で見ても死んでいると分かる。

龍之介は雪駄を履いたまま、床板に上がった。不自然に手足をくねらせて倒れていた男に近寄った。血溜りを踏むと、血がぬるぬるとして滑りやすい。

龍之介は死体を見下ろし、一瞬、たじろいだ。大量の血溜りの中に男の顔が二つあった。

一人は左を見、もう一人は右を向いている。

死んでいるのは二人？

そうではなかった。どちらも同じ顔をしている。左顔面と右顔面が分かれて、血溜りに埋まっているのだ。

龍之介は男の羽織に目をやった。

黒い紋付羽織も真ん中がすっぱりと斬られて二つになっている。その様子から察して、おそらく羽織の下の軀も二つになっているだろう。

隣の鮫吉が呻いた。

「こいつはひでえや。頭から軀の下まで真っ二つにされてんじゃねえですかい」

「うむ。おそらく、逃げようとしたところを、後ろから真っ向唐竹割りにした」

龍之介は、死体の斬り口を見て、背筋に寒気が走るのを覚えた。硬い頭骨をすっぱりと一刀両断する伝説の兜割り。これは並大抵の剣術遣いではない。

「あっしは、これまで、いろんな骸を見てきやしたが、こんなひでえ骸は初めてでさあ。胸が悪くなる」

鮫吉は口元を押さえ、吐き気を堪えていた。

「龍之介さん、よく平気でいられるねえ」

龍之介は鮫吉にいわれて我に返った。

こんなひどい死体を見ても、震えが来ない自分に内心驚いた。自分が人を斬った時には、胃から込みあげて来るものを抑えきれずに何度も反吐を吐いたのに、他人が斬った死体を見ても冷静でいられるのは、どうしたことなのか。

周囲で見ていた店の手代や丁稚、お手伝いの女たちも、気持ちが悪くなり、あちらこちらで嘔吐していた。

龍之介は傍に立っていた手代らしい男の軀を摑まえて揺すった。

「おい、しっかりしろ。何をぼうっとしているんだ。これは与兵衛なんだろう？」

「へえ」

手代は青い顔でおろおろした。

「だったら、いつまでも、おまえたちの主人を晒し者にしておくことはないだろう。遺体に掛ける着物か何かを持って来い」

「は、はい。ただいま」

手代は、そう答えたものの、どうしたらいいのか、うろうろしていた。

「ええい、焦れってえな。どきやがれ」

鮫吉が手代を突き飛ばし、店に土足で駆け上がった。売り場に陳列してあった売り物の羽織を引っ掴み、帳場に取って返した。そっと亡骸の上に羽織を被せた。

鮫吉は両手を合わせて念仏を唱えた。龍之介も合掌した。

手代たちも慌てて主人の亡骸に手を合わせた。

いつの間にか、泣き喚いていた女は静かになっていた。女は気を失っていた。番頭や女中が、女を囲んでいた。

「お内儀さん、しっかりして」

女中が、必死に女の躯を揺すっていた。

気を失っているのは、与兵衛のお内儀のようだった。

「誰か医者を呼んで来ておくれ」

番頭らしい初老の男が周りの店の者たちに命じた。手代の何人かが弾かれたように立ち上がり、急いで店から走り出て行った。

初老の番頭は、ようやく落ち着きを取り戻したらしく、店の者たちに、あれこれと指示を始めた。

「小番頭さん、あんたたちはお内儀さんを居間に連れて行っておくれ。お梅は先に行って布団を敷いておくれ。お内儀さんを落ち着かせるんだ。お梅はお内儀さんに付き添って看護しておくれ」

「はい。番頭さん」

女中が返事をし、店の奥に急いだ。小番頭や手代たちが、お内儀の軀を抱え、女中の後に続いた。

「番頭さん」

龍之介は番頭に声をかけた。鮫吉も龍之介の傍に立った。番頭は龍之介と鮫吉を警戒して身構えた。

「心配いたすな。それがしたちは、急を聞いて駆け付けた者だ」

番頭はほっとして身構えるのをやめた。

「番頭、いったい、何があったんだ？」

鮫吉が、怯える番頭を宥めるように優しい声で訊いた。番頭は青ざめた顔でいった。

「私が馴染みのお得意様と話をしていた時、お侍さんが一人、ふらふらと店に入って来て、旦那様はいるか、と聞いたんです。それで」

番頭は言葉に詰まった。龍之介は番頭に話を続けるように促した。

「それで？」

「帳場にいた旦那様は帳面を付けるのをやめ、笑いながらお侍さんを迎えたのです。それで私はてっきり旦那様のお知り合いのお侍が、ふざけてやって来たのだろうと思い、お得意様との商談に戻ったんです。そうしたら」

番頭はまた言葉に詰まった。

「そうしたら？」

「突然、騒ぎが起こったので、振り向いたら、お侍が逃げようとする旦那様に、背後から大刀を振り下ろしたんです……」

番頭は両手で顔を覆った。一生懸命、嗚咽を堪えていた。

番頭は与兵衛が目の前で、侍に一刀両断されるのを見てしまったのだろう。思いもよらぬ惨劇を目の当たりにして、仰天してしまったのに相違ない。

龍之介は番頭に深呼吸をするようにいい、気分が落ち着くのを待った。

「その侍はどんな男だったのだ？」

「……ひょっとこだったんです」

「なにい？　ひょっとこだあ？　番頭、真面目に答えろ」

鮫吉が怒声を発した。龍之介は鮫吉を手で制した。番頭はしどろもどろになりながらもいった。

「ほ、ほんとなんです。お侍は、ひょっとこの面を被っていたんです」

「ひょっとこの面？」

「ひょっとこ面のお侍は、店に入って来た時、手を振り、足を動かし、踊りながらだったんで、旦那様のお知り合いのお侍がお酒でも飲んで、旦那様に会いに来たんだろうと思ったんです。旦那様も笑いながら、帳場から出て来て、お侍のお相手をしたので、私もお侍のことを気にしなかったんです。だから、まさか、こんなことになるとは」

「与兵衛は、ひょっとこの面を被っていても、その侍のことが分かったのかも知れぬな」

「はい。旦那様は警戒心の強い人でしたから、知らないお侍だったら、決して不用心に迎えたりはしなかったかと」

急に店先が騒がしくなった。

「どけどけ。御用の筋だ。邪魔するな」

町奉行所の役人たちが怒声を上げ、野次馬たちを押し退けて、店内に踏み込んだ。

「みんなそこを動くな。御用だ、神妙にしろ」

着流し姿の同心が十手(じって)を振り回し、その場にいた龍之介たちに怒鳴った。

同心は、すぐに帳場の前に転がっている血だらけの死体を見付けて怒鳴った。

「店主はどこだ！　こやつを斬った下手人はおまえらか？」

同心は十手を龍之介や鮫吉に向けた。捕り手たちは一斉に棒を構え、龍之介と鮫吉を取り囲んだ。

龍之介は両手を上げていった。

「それがしたちは、通りがかりの者だ。下手人ではない。我らは返り血を浴びておらぬだろう」

龍之介は着流している小袖を同心たちに見せた。

同心は龍之介と鮫吉の着物をじろじろと見回した。

鮫吉もいった。

「お役人さん、あっしらは通りすがりの者でやす。悲鳴を聞き付けて店に飛び込んだら、この有様だった。番頭、そうだよな」

「そうです。この方たちは関係ありません」

初老の番頭は慌てていった。

「……念のため、おぬしの腰の脇差しを見せてもらおう」

同心はじろりと龍之介を見た。

「左手で刀をゆっくりと抜け」

龍之介は左手で脇差しの柄を持ち、ゆっくりと刀を抜いて同心に渡した。同心は抜き身をじろりと検分し、血糊がまったく付いていないのを確かめた。

「うぬ。おぬしではないな」

同心は一人頷くと、龍之介に抜き身の刀を返した。鮫吉を一瞥したが、何もいわなかった。

同心はじろりと龍之介と鮫吉を見回し、捕り手たちに囲みを解けと目配せした。捕り手たちは構えていた棒を一斉に下ろした。

「おぬしらは、帰っていいぞ」

龍之介は抜き身を腰の鞘に静かに納めた。

「こいつはひでぇや」

目明かしの男が、亡骸を覆った血だらけの羽織を十手の先で持ち上げていた。

「山崎様、見てください」

山崎と呼ばれた同心は、目明かしの傍に行き、一刀両断された与兵衛の亡骸を見て顔をしかめた。

山崎は目明かしが覗き込んでいる亡骸の傍に寄って調べはじめた。

「龍之介さん、あっしらは行きやしょう。この様子だと、あっしら動きが取れねえ」

鮫吉が龍之介にいった。

龍之介は「待て」と鮫吉を止めた。呆然と立っている番頭に話しかけた。

「番頭、念のためだ、おぬしの名を聞かせてくれぬか？」

「私の名ですか？」

番頭は一瞬戸惑った顔をした。

「失礼いたした。人に名を訊くのに、自分の名を名乗らぬのは、礼儀に反する。それがしは、会津藩士望月龍之介と申す」

「会津の望月龍之介様……ですか」

番頭はまじまじと龍之介を見つめた。まるで、どこかで見かけたことがあるような思いで見ていた。

龍之介は番頭の様子を見て、番頭はひょっとして兄真之助のことを思い出したのではないか、と思った。

「もしかして、それがしの兄、望月真之助を思い出したのではないか？」

「望月真之助様ですか？」

「それがし、よく兄と似ているといわれるのだが」

番頭は怯えた顔になり、慌てて顔を横に振った。

「いえ、そのような方とは、お目にかかったことはありません」

「さようか」

龍之介は番頭の慌てぶりに不審を抱いたが、これ以上追及しても、きっと番頭は話さないだろう、と諦めた。

「で、おぬしの名は？」

番頭は観念した様子で頭を下げた。

「私は大番頭の邦兵衛（くにへえ）にございます」

龍之介は尋ねた。

「邦兵衛さん、ところで、こちらに助蔵という番頭さんがいると聞きましたが、どこにいるのですか？」

「そんな番頭は……」

「いないとはいわせねえぜ。手下の秀造が店の者から聞き込んでいるんだ。嘘をついちゃあいけねえよ」

鮫吉が凄んだ。

邦兵衛の顔色がさっと変わった。

「ほんとにいないんです。大番頭だった助蔵は去年、一身上の都合で、店を辞めて出て行きました。いまは店におりません」

「では、いま助蔵さんはどこに居るのです？」

「知りません」

邦兵衛は首を振った。だが、目が動揺しているのを龍之介は見逃さなかった。

鮫吉が邦兵衛に食ってかかった。

「嘘ついちゃあいけねえよ。助蔵は一身上の都合で辞めたと、あんたはいったが、うちらの調べでは、旦那の与兵衛が、ある日助蔵を連れ出し、それっきり店に帰らないって、店の女中がいってたぜ」

「だ、誰がそんなことを」

「いったってえのか。いいぜ、そいつをここに連れて来て、証言させようじゃねえか。もし、あんたが嘘ついていたら、ただじゃ済まないぜ」

「…………」

邦兵衛はしどろもどろになっていた。

「助蔵は、どこにいるんだ？」

「ほんとに、私は知らないんです。嘘はつきません」

「与兵衛から、助蔵をどこに連れて行ったか聞いているんだろう？」

「いえ。私はほんとに何も聞いてないんです」

邦兵衛はなぜか、助蔵については頑なに話したがらなかった。何か隠していると龍之介は思った。

「この野郎、痛い目に遭わねえと、喋らねえのか」

鮫吉は邦兵衛の胸元を摑もうとした。龍之介が慌てて、鮫吉を止めた。同心たちの前で、へたに騒ぎを起こせば、まずいことになる。

「鮫吉さん、それがしに任せてくれ」

龍之介は聞き込みの矛先を変えた。

「与兵衛さんのお内儀さんなら、助蔵さんのことを知っているのでは？」

「…………」

邦兵衛は困った顔をした。

「お内儀さんの名前は？」

「静香様です」

邦兵衛は小声でいった。

龍之介はふと首筋に、刺すような鋭い視線を感じた。背後の野次馬たちの中から、誰かが見ている。

殺気だ。

龍之介は、そっと左手で脇差しを握り、鯉口を切った。右手で柄を握る。相手が斬りかかって来たら抜きざまに斬る。

そう思ったとたんに右手がぶるぶると震えはじめた。龍之介は焦った。こんな時になぜ、右腕が震えるのだ？

「龍之介さん、どうしやした？」

鮫吉が龍之介の異変に気付いた。

「……誰か、それがしたちを」

龍之介はゆっくりと振り向いた。

鮫吉も用心し、あたりに目を配った。

龍之介は震える手を押さえながら、野次馬たちの中を探した。だが、不審な人影はなかった。殺気も嘘のように消えている。

「誰かいやしたかい？」

鮫吉がきいた。龍之介は首を振った。

「いや、いない」

邦兵衛は龍之介と鮫吉の緊張した気配に、恐れ戦(おのの)いていた。

龍之介は震える手を押さえながら、邦兵衛に向いた。

「大番頭さん、ところで、ひょっとこ面の侍についてだが、顔は見なくても、普通は体付きで、誰か見当がつく。誰だと思った？」

「……そういえば」

邦兵衛は、何かいいかけた。その時、同心の呼ぶ声が聞こえた。

「おーい、番頭。こっちに来い。ちと訊きたいことがある」

同心は与兵衛の遺体の前で、同僚の同心たちと話し合っていた。

「はい。ただいまそちらに」

番頭の邦兵衛は返事をした。

「これで失礼します」

邦兵衛は龍之介に頭を下げ、同心の方に行こうとした。

「ちょっと待て。いったい、誰に似ていたのだ？」

邦兵衛はいいかけた。

「番頭、何をしておる。早くこちらに来んか」

同心の怒声が上がった。

「そのことは、後でお話しします。気のせいかも知れないので」

邦兵衛は詫びをいい、そそくさと同心たちの方に急いだ。

龍之介は鮫吉と顔を見合わせた。

「龍之介さん、また後で来ましょう。大番頭にゆっくりと聴くことにしましょう」

「うむ。お内儀さんが落ち着いたら、事情を詳しく聞きたい」

龍之介はうなずいた。

最大のなぞは、なぜ、与兵衛は殺されたのか、だ。その理由は、お内儀や番頭から聞き出すしかない。

「親分、ちょっと話が」

いつの間にか、丁吉が傍に立っていた。丁吉は鮫吉に何事かを耳打ちした。

「そうか。そいつは、おもしれえ」

丁吉はなおも囁いた。

「銀兵衛(ぎんべえ)に伝えろ。決してまかれるなってな」

鮫吉は小声で命じた。

「へい、お任せを」

丁吉は着物を尻っ端折りし、走って消えた。

鮫吉は満足気にうなずいた。

「龍之介さん、ここは町方役人に任せて、あっしらは引き揚げましょう。腹減りませんか」

そういえば、龍之介は昼飯の途中で来ている。気付けば、腹の虫が鳴いていた。

「そうしよう」

龍之介もうなずいた。

鮫吉が先に立って店を出た。龍之介が後に続いた。

鮫吉は表通りに出ると、並んで歩きながら、龍之介にいった。

「さっき、丁吉から大事な報告が二つほどありました」

「どういう話だ？」

「手下が店の小番頭に鼻薬を嗅がせて、助蔵の居場所を聞き出したそうです」

「助蔵はどこにいると？」

「ある寺に匿われているらしい」

「匿われている？　誰に匿われたというのだ？」

「それはまだ分からない。でも、与兵衛が、ある夜、そっと助蔵を舟で連れ出した。その小番頭が、後で舟の船頭に訊いたら、ある場所に行ったら、何人か侍が待っていて、与兵衛は助蔵を、その侍たちに寺に匿うよう頼んでいたそうなんです」

「どこの寺だ？」

「千住のどこかにある寺だそうで。さっき丁吉にさらに調べるようにいいやした。小番頭が話を聞いた船頭を捜し出し、もっと訊き出せ、と。きっと今日明日のうちには、分かることでしょう」

鮫吉はにやっと笑った。龍之介は喜んだ。

「で、もう一つの話というのは？」

「さっきいいましたよね。子分たちを、あの店の四方八方に張り込ませたと」

「うむ」

「張り込みはあっしの一の子分、代貸しの銀兵衛っていう野郎に仕切らせていたんですが、銀兵衛たちが裏木戸を張り込んでいたところ、店の方で女の悲鳴が上がり、一騒動が起こったその直後、侍が一人逃げるように裏木戸から出て来たっていうんです。それで銀兵衛は、怪しいと見て、子分たちにその野郎の後を尾けるようにいったそうなんです」

「いいね。それで、その侍はどうした？」

鮫吉はにやっと笑った。

「その野郎、出て来るとすぐ、何かを路地裏に捨てたそうなんで。で、手下が何だろうと、調べたら、ひょっとこの面だった」

「与兵衛を斬った侍に間違いないな。で、その侍の行き先は？」

「いま、子分たちが、気付かれないように、密かに尾けているので、今日中には、その侍がどこにしけ込むか、ヤサぐらいは分かることでしょう」

「でかした。さすが鮫吉さんの子分たちだ」

「さんはなしですぜ。鮫吉と呼び捨てするってえ約束でしょうが」

　鮫吉は笑った。

「分かった」

「ところで、あっしの知り合いがやっている水茶屋に行きましょう。水茶屋でも、何か食いもんはあるはず。とりあえず茶でも飲みながら、知らせを待ちましょう。銀兵衛や丁吉には、あっしらはその店で待つといってありやすんで」

「分かった」

　龍之介はうなずいた。

二

水茶屋『川風』は向島の大川端にあった。

女将の早苗は鮫吉といい仲らしく、やけに鮫吉に愛想がよかった。早苗は小太りの躯だが、優しい気質の女だった。濃い眉毛が魅力な整った面立ちをしていた。

鮫吉の連れということで、龍之介も大歓迎された。二人は早速、二階の座敷の川風が吹き寄せる一番いい席に案内された。

窓からは大川を行き来する屋形船や猪牙舟を眺めることが出来る。店は大繁盛で、二階席には、女連れの旦那衆が、人目を忍んで上がって来るような店だった。

女将の早苗は、鮫吉と龍之介が腹を空かせていると聞くと、何もいわずとも蕎麦を用意して、運んで来た。

龍之介と鮫吉は、仲居と女将が盛り蕎麦を何枚も運んで来ると、ほとんど物もいわずに蕎麦を食べた。

女将の早苗は、その間、団扇をゆっくりと扇いでいた。

食べ終わり、人心地がつくと、鮫吉は女将にいった。

「済まねえ。今日は酒はなしだ。これから、大事な仕事がある。若い衆を働かせているのに、おれたちが酒を飲んでいるってえのは、若い衆に申し訳が立たねえ」

早苗は満面に笑みを浮かべ、でも、残念そうにいった。

「分かりました。お久しぶりなのに」

「必ず近いうちに遊びに来るさ」

「はいはい。分かりました。そういって、鮫吉さんは、いつも一月も二月もおいでにならないんですよ」

早苗は龍之介ににいい、にっこりと笑う。笑顔が綺麗な女だった。

「では、お茶をご用意しますから召し上がってください。ごゆっくりどうぞ」

早苗は、そう言い置き、階下に下りて行った。鮫吉は低い声でいった。

「ところで、龍之介さん、あっしは、これまでいろいろ仏さんを見て来やしたが、あんな死に様は初めて見やした。斬り口を見て、龍之介さんは、どうご覧になりました？」

「それがし、そんなに仏さんを見たことがないので、どうといわれても……」

鮫吉は笑いながらうなずいた。

「与兵衛を斬った侍の腕前のことでさあ。あんな斬り方ができる侍は、どんな野郎なのか、と思いやしてね」

「うむ。それがしも、話には聞いていたが、目にするのは初めてだ。おそらく、あれは兜割りだ」

「兜割りですか」

「戦国時代に、兜を被った戦国武将を兜ごと斬る術だ。それがし思うに、兜割りするには、余程の腕前の持ち主でしかも剛刀でなければできない。普通の刀では兜を斬ろうにも、歯が立たない。刀が折れてしまうだろう」

「なるほどねえ」

「噂では、そうした剛刀は、肥後の同田貫があるくらいだ」

「その剛刀があれば、兜割りができるんですか」

「いや、その剛刀があっても兜割りは、そう簡単にできるものではない。それなりの打ち込みを鍛練していなければできない」

鮫吉はにやっと笑った。

「龍之介さんは、兜割りができるのではないっすか？」

龍之介は一瞬考え込んだ。

「それがしは無理だろうが、もしかして天狗老師ならやれるかも知れない」

「天狗老師ですって?」

龍之介ははっとして笑った。

「ははは、冗談だ。会津には、御留流(おとめりゅう)として真正(しんせい)会津一刀流がある。一撃必壊の打ち込みがある」

「一撃必壊ですか?」

「相手が刀で受けようが、木刀で受けようが、一撃必壊。これは受けようがない術だ。真正会津一刀流の遣い手だったら、兜割りはできようが」

龍之介は、そういいながら、天狗老師や師範代の武田広之進(たけだひろのしん)、師の大槻弦之助を思い浮かべた。

「すると、与兵衛殺しの下手人は、会津武士かも知れねえってわけですかい」

鮫吉は腕組みをして唸った。

龍之介は笑った。天狗老師や、その弟子たちが、与兵衛を殺したとは思えない。ほかにいるとすれば……。

「一撃必壊ができる流派はほかにもある」

「どこの流派です?」

「薩摩の示現流(じげんりゅう)。示現流の遣い手ならば、きっと兜割りはできる」

龍之介の脳裏に高木剣五郎(たかぎけんごろう)の姿が過(よぎ)った。

まさか高木剣五郎が、と心の中で疑った。

右腕がぶるぶると震えはじめた。龍之介は思わず、左手で右腕を押さえた。それでも、右腕は震え続けた。

「龍之介さん、その震え、いつからです?」

「いつからかは忘れた」

龍之介は右腕を左腕で抱えて震えを抑えた。

忘れてはいない。ただ思い出したくなかった。

「あっし、その震えに気付いて、龍之介さん、病気だなと思った」

「病気?」

鮫吉はうなずいた。

「龍之介さん、あんた人を斬ったね。人を殺した」

龍之介は、ずばりといわれて、言葉に詰まった。三田藩邸や講武所には、龍之介が人を斬ったという噂が広まり、龍之介は敬遠されたりしていた。だが、陰でこそこそ噂するだけで、鮫吉のように正面きって、いった人はいない。

「二人を斬った。おれが相手を斬らねば、おれが斬られるとはいえ、おれは二人の命を奪ったんだ。許されることではない。それ以来、時折、こうした震えが出て来るんだ」

龍之介は呼吸を整え、心を鎮めようとした。

鮫吉は静かな口調で慰めた。

「龍之介さんのように腕や軀が震えてならない侍を何人も見たことがありやす」

「その侍たちは、どうやって軀の震えを治した？」

鮫吉は頭を左右に振った。

「侍たちのほとんどは、人を殺したことを悔いて悩んで、それをごまかすために、酒に溺れやした。酒を飲むと忘れるからでやす」

「…………」

龍之介はその侍たちの心情がよく分かるような気がした。己れも、忘れるために、酒を飲んだ。だが、いくら酒を飲んでも、人を殺した時の感触は、どうしても忘れることは出来なかった。

「龍之介さん、でも酒に頼ってはいけねえぜ。その侍たちは、結局酒で身を滅ぼしてしまった。酒に酔って、また人を殺めたり、人と無用な揉め事を起こし、結局、最後には殺されたりした。だから、決して酒に手を出してはいけねえよ。アヘンもだめだ。

もし、酒やアヘンで震えは止まっても、それは一時のことで、逆に酒やアヘンに殺されてしまうからな」

「では、どうしたらいいのだ？」

「そうだな。こういう手もある。あっしの知り合いは武士を辞めて出家し、仏門に入った。僧侶になって、殺した相手の供養をしている」

仏門に入り、仏に頼れというのか。

龍之介は腕組みをし、まだ震える腕を押さえ込んだ。

武士を辞める。それもありうるな、と龍之介は思った。武士を辞めれば、二度と人を斬ることはない。そうすれば、悔恨しないでも済む。

「鮫吉さんは、人を殺したことがあるのか？」

鮫吉はうなずいた。

「ありやす。出入りがあって、止むを得ず、人を殺しやした。それも何人も」

龍之介は驚いた。

「それなのに鮫吉さんは軀が震えることはないのか？」

「ないね。龍之介さん、何度もいうが、さん付けはしないって約束だろう？」

「ああ、御免」

龍之介は頭を掻いた。不思議なことに震えがなくなっていた。

「どうして、鮫吉は平気なんだ？」

「平気ではねえが、考えないことにしているんでやす」

「考えないことにする？」

「そうよ。龍之介さんは心の病にかかっているんだ。嫌なことはすべて忘れるんだ。時間が経てば自然に人は過去の嫌なことを忘れるもんだ。過去は振り返らない。反省しない。嫌なことは忘れる。楽しいことだけを考えて生きる。そうすると楽になりやすぜ」

「そんなことができるのかな」

「できまさあ。過去の思い出に生きるのではなく、いまを生きるんでやす」

龍之介は鮫吉の生き方にあらためて感心した。おれにも、そんな生き方が出来るのだろうか。

鮫吉は笑った。

「あっしは、龍之介さんのように軀が震えることはなかったが、代わりに何度も人を殺した時の夢を見やした。同じ悪夢を繰り返し見るんです。夜、ほとんど眠れないこともありやした」

「それをどうやって、悪い夢を見ないで済むようになったのかな？」

「嫌なことがあると、おれは惚れた女の胸に顔を埋めて慰めてもらうんです。女に抱かれると、すべてが夢のなかになる。いい夢を見て、悪い夢を見なくなる。嫌なことは忘れてしまう」

「女に抱かれるか。たしかに、それはいいな」

龍之介は、初めて遊女に優しく抱かれたことを、ほろ苦く思い出した。あの遊女は、いまごろ何をしているのか、と思った。ほかの男を抱いていると思うと、嫉妬心が起こり、少し切なくなる。

低い屏風で隔てられた隣席から、ひそひそと囁き合う女と男の睦言がかすかに聞こえた。

さっき席に案内される途中で、芸妓らしい女を侍らせて酒を飲んでいる商家の大尽がちらりと見えた。

商家の旦那風の太った男は酒を飲みながら、脇に侍らせた女をしきりに口説いていた。女も満更でもなさそうで、時折、くすくすと笑い声を立てている。

階段を上る足音が響き、女将の早苗が盆にお茶を載せて運んで来た。早苗の後から、二人の町奴がついて来る。

一人はきつね目の丁吉だった。もう一人は、鬼瓦を思わせる厳つい顔の町奴だった。

「鮫吉さん、丁吉さんと銀兵衛さんが御出でですよ」

「おう。銀兵衛と丁吉、戻って来たか。早かったな」

鮫吉は顔を綻ばせ、二人を自分の前に座らせた。

「女将、悪いが酒と肴を適当にみつくろって、持って来てくんな。酒は、ぬる燗にしてくれ」

「いいんですか。さっきは今日は酒なしでとおっしゃっていたのに」

「こいつらが必死に仕事をしている間は飲めねえと思っただけだ。こうして、仕事を上げて来たのに、酒ぐらい馳走しなきゃあ、おれの面子が立たねえ」

「やっぱりねえ。鮫吉親分が飲まないなんてことを聞いたことないものねえ。はいはい、そうだろうと思って、もう用意してありますよ。運んで来ましょうね」

女将はころころとうれしそうに笑い、廊下に出て行った。

「龍之介さん、こいつが、おれの右腕の銀兵衛だ。無口だが、度胸の据わった男だ。よろしく頼む」

鮫吉は龍之介に銀兵衛を紹介した。

銀兵衛はむっつりと龍之介に頭を下げただけだった。

鮫吉は上機嫌で銀兵衛に尋ねた。

「それで、例の侍のヤサはどこだった?」

銀兵衛は屏風を隔てた隣席に目をやり、いいんですかい、と訊いた。

かすかに、男と女の話す声が聞こえて来る。こちらの話を聞いている気配はない。

「小さい声で話せばいい。あちらさんはこっちのことなど気にならねえ。心配するな」

「へえ。では」

銀兵衛は身を乗り出し、小声でいった。

「ひょっとこ野郎をつけて行ったら、丸に十の字に入って行きやした」

「薩摩か」

鮫吉は唸り、龍之介と顔を見合わせた。

丸に十の字は薩摩藩島津(しまづ)家の紋所だ。

「龍之介さん、おめえさんがいう線が出て来やしたね」

鮫吉は、にやっと笑った。

薩摩示現流の兜割りか。

もし、そうだとすると侍は薩摩隼人。手強い相手だ。

鮫吉は囁いた。

「それで、ヤサは下か上か、中か」

「三田の上でやした」

龍之介は顔をしかめた。会津藩三田藩邸の北側に島津淡路守の上屋敷がある。

「龍之介さん、三田藩邸のお隣さんじゃねえですかい」

「たしかに」

島津藩の屋敷は塀越しに見える。邸内は見えないが、かなり広い敷地だった。

鮫吉は銀兵衛にきいた。

「で、その侍の身元は分かったのかい？」

「いま、手下たちを張り込ませてありやす。出て来れば、いいんでやすが、今日はもう出入りがないでしょう。島津藩の雇われ中間や小者にあたり、ひょっとこ侍について の探りを入れます」

「気を付けろ。兜割りをやる剣の達人だ。用心の上に用心をしろ」

階段を上がる足音が響いた。女将が仲居たちと話しながら酒や肴を運んで来た。

女将の早苗は仲居たちにあれこれと指図をし、鮫吉や龍之介、銀兵衛、丁吉の前に箱膳を並べた。お銚子や肴の皿も運ばれて、膳の上に並べられた。

「うちの店は料理屋じゃないので、これが精一杯のおもてなしですからね」

女将の早苗は鮫吉にしなだれかかりながらいった。

「女将さん、お隣のお客さんたち、お帰りです」

仲居が告げた。

女将は急いで立ち上がり、屛風を隔てた席に走り寄った。

「はい、お客さま、いつもありがとうございます。またどうぞお越しください」

商家の大尽と、その連れの芸妓は、女将や仲居に見送られ、そそくさと階段を下りて行った。

「あのお二人さん、あっしらが賑やかに酒を飲みはじめると見て、居たたまれなくなり、早々に退散したらしい」

丁吉がにやにやしながら、お銚子の酒を鮫吉や龍之介、銀兵衛の盃に注いだ。

「女将が戻って来る前に、丁吉の話を聴こう」

鮫吉は盃の酒を飲みながらいった。

「あっしは小番頭のいっていた船頭にあたりました。船頭は万字屋与兵衛がよく使う男で、大番頭の助蔵のこともよく覚えてました。一月ほど前の夜、常連の与兵衛に呼ばれ、助蔵と旦那を乗せて、大川を遡り、千住大橋近くまで行ったそうです」

「それで？」

「橋の袂の船着場には、侍が二、三人待っていた。与兵衛は侍たちに頭を下げ、大番頭の助蔵をしばらく預かってほしい、といってたそうです」

「その侍たちは何者なのだ？」

「見たところ、三人とも素浪人だったそうです」

「では、助蔵はどこに連れて行かれたのかな？」

「船頭の話では、その船着場の近くにある廃寺ではないか、と。それで、あっしは船頭に頼んで、千住の同じ船着場まで運んでもらったんです。そこで下りて、船頭がいう廃寺を探したんで」

「あったか」

「ありました。だが、廃寺は荒れ果てていて、人が住んでいる気配はなかった。それで、その周辺の屋敷や仕舞屋（しもたや）を巡って、下見したんです。そうしたら、廃寺の隣に土塀に囲まれた一軒の古い屋敷があり、そこに浪人たちが出入りしていると分かったんです。ほかには、浪人たちが出入りする屋敷はない。おそらく、その屋敷に助蔵はいると目星をつけて帰って来やした」

「で、丁吉。その屋敷の持ち主は誰なのだ？」

「近所で尋ねたんですが、かつては、水戸藩の別邸だったそうです。それが、しばらくは使われずに廃屋同様だったらしいのですが、最近、大工が入って建物や塀が修繕され、さらに蔵も建てられ、人が出入りするようになったそうなのです。そして、浪人者が出入りするようになったと」

「水戸藩の隠れ屋敷かも知れないな」

鮫吉は考え込みながらいった。

階段の方から、また女将や仲居たちの話す声が戻って来た。

「よし、丁吉、引き続き、その屋敷のことや出入りする侍たちのことを調べてくれ」

「分かりやした」

女将たちがどやどやっと座敷に入って来た。

「いまのお大尽は、どこの誰だったのだ？」

「ああ、あの常連さんは、日本橋の呉服商の旦那様ですよ。よほど商売繁盛で儲かってるらしくて、金払いはいいいし、連れて来る芸妓や芸者もしょっちゅうとっかえひっかえして、毎回違う女を連れて来る。うちの店を贔屓にしてくれる大のお得意だから、悪口はいいませんがね。あまり派手に遊んでいると、いつか、女から手酷いしっぺ返しを受けかねない。鮫吉さんも、用心に用心を重ねてくださいな」

女将の早苗は小首を傾げて笑った。

「分かった分かった。女将の忠告は、よく腹に据えておくよ。さあ、みんな、飲んでくれ」

鮫吉は龍之介にも酒を飲むよう促した。

「但し、酒は飲むもの、酒に飲まれてはいけねえぜ」

鮫吉は龍之介に向かって、にやっと笑った。

銀兵衛は、むっつりした顔で盃を口に運んでいた。丁吉は仲居と顔見知りらしく、冗談をいって笑わせていた。

龍之介は、女将の早苗が注ぐ盃の酒を、ほどほどにと自制しながら口に運んだ。

いつしか、太陽は西に傾き、大川を渡る風が爽やかに吹き寄せていた。川面を水鳥の泳ぐ姿が波間にきらめいていた。

三

龍之介は、はっとして目を覚ました。

朝日が窓の障子戸に差していた。見覚えのない大部屋に寝ていた。

外を川の流れる気配がした。

障子戸を開くと、大川が目の前を流れていた。

昨夜、深酒をし、水茶屋『川風』の二階に泊まったのを思い出した。どうせ、三田藩邸に戻っても、また今日は向島に来ることになる。そうしたこともあり、女将の勧めもあって、水茶屋の二階に泊まることになった。

夜に入って、鮫吉の手下の町奴たちが、続々とやって来た。三田の薩摩藩邸に張り込んでいた組員が、夜の張り込み組と交替し、鮫吉に報告のため戻って来た。

彼らの話では薩摩藩邸には、夜まで出入りする人の数が多く、ひょっとこ男の特定については、難航し、時間がかかりそうだとのことだった。

いずれにせよ、龍之介にとっては、与兵衛殺しの下手人探しは、事件の背景が分からないこともあり、父牧之介の自害と兄真之助の乱心事件とはあまり関係なさそうなので、頭の隅に置くことにした。そうしないと、余計な事件に振り回されることになる。

己れが調べるべき第一のことは、父牧之介が何をしていたのか、そして、父は何に怒り、誰に対して死の抗議をしたのかだ。

第二に兄真之助が、なにゆえ一乗寺昌輔を襲ったのか。その理由と真相を明らかにすることだ。これら二つが、大目付萱野修蔵と新家老西郷頼母から出された密命だった。

龍之介は、二階の大部屋に敷かれた布団を見回した。並べられた布団には、鮫吉の手下の町奴たちが雑魚寝していた。大鼾をかいている者もいる。ほぼ全員がまだ眠っていて、起き出す気配はない。

鮫吉の寝姿はなかった。どうやら鮫吉は女将の部屋に泊まったものと見られる。

龍之介は手拭いを肩にかけ、階段を下りた。下駄を突っ掛け、外にある井戸端に出た。釣瓶井戸から桶に水を汲み上げ、顔を洗った。ついで上半身裸になり、濡れ手拭いで胸や脇の下、首の周りなどを拭った。

水を浴びなくても、これでだいぶ気分が爽快になった。

それから、龍之介は木刀の代わりに心張り棒で素振りした。さらに、上半身裸のまま、裸足で大川端の土手の上を一里ほど往復して走った。講武所では、朝起きると、みんな揃って練兵場を三周するのが、学生隊の日課だった。

水茶屋に戻ると、鮫吉が井戸端で顔を洗っていた。

「おう、龍之介さん、早起きだなあ。連中は、みんなまだ寝ていますぜ」

「みんな、昨日、よく動き回ったので、よほど疲れたんだろう」

「今日は朝飯を食ったら、どうしやす？」

「万字屋に行き、大番頭の邦兵衛とお内儀の静香殿に会い、いろいろ聞き出す」

「ようがす。あっしが御供します」

鮫吉は顔を洗い、さっぱりした表情でいった。


龍之介は鮫吉と一緒に万字屋を訪れた。万字屋は、与兵衛が惨殺されたこともあり、本日休業の札が下がっていた。

龍之介と鮫吉が店内に入ると大掃除の真っ最中だった。大番頭をはじめ、番頭、小番頭、手代、丁稚、女中やお手伝い、下男下女に至るまで、総動員して掃除をしていた。

血だらけの与兵衛が横たわっていた板の間は、番頭や手代、丁稚、下男下女がみんなで雑巾(ぞうきん)掛けをし、血溜りの跡も分からぬほど洗い流して、綺麗にした。

龍之介と鮫吉は、早速大番頭の邦兵衛と面談した。

龍之介は昨日惨劇があった板の間の帳場の前に座り、大番頭の邦兵衛と向かい合った。

　邦兵衛は、昨夜遅くまで奉行所からの事情聴取があったり、死んだ与兵衛の通夜や葬儀の準備や手続きなどで、ほとんど眠っていないらしく、すっかり憔悴していた。顔は油っ気が抜けて、生気がなく、いくぶんか浮腫（むく）んで見えた。龍之介が訊いた。

「大番頭さん、正直に答えてくれませんかね。どうして、与兵衛さんは大番頭の助蔵さんを夜に連れ出し、ある屋敷に連れて行って、そこで侍たちに助蔵さんを匿ってほしいと頼むようなことをしたのか？」

「助蔵は誰かに命を狙われていたんじゃねえのか？」

　続いて鮫吉が単刀直入にいった。邦兵衛はどぎまぎしながら答えた。

「正直いって、旦那様から何も聞いていないんですよ。突然に大番頭に付けられたけれど、私は長年、米の買い付けから始めて、呉服の木綿や絹織物を任された番頭でしてね。それ以外の商品の卸しは、まったくの素人（しろうと）なんです」

　邦兵衛はため息混じりにこぼした。

「それなのに、旦那様は、私を格上げして大番頭につけた。ありがたかったのは、ありがたかったのですけど、助蔵さんがやっていた鉄砲や大砲、爆薬や火薬、喇叭や太鼓、織物でも軍服や革靴、軍用の皮革製品などは、私はまったくの門外漢なんですよ。だから、旦那様にはほかの番頭にしていただきたい、と申し上げていたんです」

鮫吉は驚きの声を上げた。

「なんでえ。万字屋は何でも屋だとは聞いていたが、やっぱ鉄砲や爆薬も商っていたのかい」

「は、はい」

「それを担当していたのが、助蔵ってわけだ」

邦兵衛は、まずいことを喋ってしまったのではないか、と顔をしかめた。

「昨日までは、助蔵さんは辞職したといっていたが、それは嘘だったんですね」

「旦那様が、いないことにしろ、と申されていたんです。だから、私はそのいいつけを守っていただけです」

龍之介は邦兵衛に詰問口調でいった。

「呉服の卸しから米の卸し、さらには武器まで商売をする与兵衛は、いったい元々何者なんです?」

「何者なのかといわれても」

邦兵衛は言葉に詰まった。鮫吉が口を出した。

「与兵衛は、どこの出だい。根っからの商売人じゃあねえな。元々は武家上がりじゃあねえのか?」

「はい。元は武家だと聞いています」

「どこの国の出だ？」

「……薩摩だと」

鮫吉は龍之介と顔を見合わせた。

「元薩摩藩士だったのか」

「妙に薩摩繫がりの話になって来たなあ」

鮫吉は頭を振った。

「ですが、旦那様は常々、私たちにいってました。薩摩だ長州だ、幕府だなどといっていては商売にならん。金儲けができるところなら、藩を選ばず、商売をやれと」

「そうか。金儲けのためなら、藩を選ばず、商品も選ばず、儲かるものなら、何にでも手を出すってえわけだな」

「そうなります」

「で、鉄砲や大砲、爆薬にまで手を出した？　人殺しの道具も商売になるってえわけだ」

「…………」

邦兵衛は口をつぐんだ。

鮫吉はにやっと笑った。

「そりゃそうだ。武器弾薬はいま戦（いくさ）の火種が燻（くすぶ）る時代に、各藩とも目の色変えて買い込もうとしている。欲に絡んだ御用商人の稼ぎ時だ。そうだろう。な、大番頭」

「旦那様は、そうお考えだったと思います。私は鉄砲なんかに手を出さず、まっとうな商売をやるべきだと、旦那様には申し上げていたんですが」

龍之介は聞いた。

「与兵衛は、大番頭の邦兵衛殿の考えに同調しなかったのだな」

「いえ。旦那様は私の考えに大賛成をなさっていた。まっとうな商店にするのは大賛成だ、と。そのために、私を大番頭にしたのだ、とおっしゃっていたのです。しかし、旦那様は、これからの時代、鉄砲や大砲が売れる。その好機を見逃す手はないと。だから、私に表の商売をさせ、旦那様と助蔵さんが、鉄砲大砲を売って、金を稼ごうということになったんです」

「つまりは、鉄砲大砲は、万字屋与兵衛の裏稼業ってわけだな、大番頭」

「…………」

邦兵衛は黙ったままだった。

龍之介は邦兵衛に訊いた。

「もしや、会津藩も万字屋与兵衛の商売相手になっていたのではないか？」

「そのあたりは、私の担当ではないので、よく分かりません。助蔵でないと」

鮫吉が口を挟んだ。

「鉄砲大砲の取引は、助蔵だけがやってたんじゃねえだろう？」

「はい。旦那様と助蔵の二人でやっていました。秘密の取引が多いとかで、いつも、私たちは蚊帳の外でした」

「では、取引の台帳や帳簿は、残っているんだろう？」

「残っていましたが、先程、お役人が来て、台帳や帳簿類を全部持ち去ってしまい、私たちは明日からの取引をどうするか、困っています」

「役人が持って行った？　町方が、そんな台帳なんか、押収するというのかい」

「いえ、町方役人ではなかったようです。幕府の勘定奉行方といってましたから」

「ちッ、御上まで乗り出して来たってえわけかい。きっと帳簿や台帳には、幕府のお偉いさんも絡んだ、ちょっと他人に見られてはまずいものも混じっているんじゃねえのか」

鮫吉はにやにやしながら龍之介にいった。

邦兵衛は悄然として、うなだれていた。

明日から、どう店を立て直して、商売をやっていくのか、考えているのだろう。龍之介は邦兵衛を気の毒に思ったが、あえて無視して訊いた。

「昨日、それがしが会津の望月龍之介と名乗った時、まじまじとそれがしを見ていたな。どこかで見かけたように思ったのではないか」

「……正直申しまして、面影がそっくりなお侍が店に訪ねて来たのをかすかに覚えておりました。たしか、お名前は……」

「望月真之助」

「たしか、そう名乗られたお侍でした」

「さようか。兄上だ」

龍之介は身を乗り出した。

「で、兄上は何のために、こちらを訪ねた?」

邦兵衛は気の毒そうに頭を左右に振った。

「兄上様は、どなたかの紹介状を持って、大番頭の助蔵を訪ねていらしたと思います。助蔵が応対し、一緒にどこかに出て行かれましたから」

「紹介状? 誰の?」

「さあ。それは助蔵にきかないと、分かりません」

兄が持参した紹介状は、もしかすると筧主水介が書いたものかも知れない、と龍之介は思った。

兄が会津藩上屋敷で乱心して、若年寄の一乗寺昌輔に斬りかかったのを、必死に止めようとしたのが、小姓の筧主水介だった。筧主水介は兄に斬られて片腕を失った。だが、筧主水介は、毒を盛られて死ぬ間際、龍之介に「真之助は決して悪くない、……正そうとしただけだ」といって死んだ。

その前にも、主水介は御新造に「もし、自分の身に何かあったら、龍之介に『江戸の万字屋の助蔵に会え』と伝えよ」と言い残していた。

真之助の乱心の真相を知っていた筧主水介は毒殺された。口封じだった。

龍之介は気持ちが高ぶるのを抑えて聞いた。

「訪ねて来たのは、いつのことでござった？」

「昨年の春でございましたかね」

「兄は、それから何度くらい、こちらをお訪ねしたのだ？」

「私が知るかぎり、その一度だけでした。ただし、助蔵が、別にお会いしているかも知れませんが」

やはり、助蔵に会わねば、真之助の乱心の真相は分からないというのか。

「大番頭は、どこにいる?」

帳場に女の金切り声が響いた。邦兵衛は、驚いて振り向いた。

与兵衛のお内儀の静香が、女中二人に軀を支えられて現われた。長い髪は乱れ、両目が狐の目のように左右に吊り上がっていた。唇には毒々しい紅が塗られている。

「大番頭はどこだ? 旦那様は、どうなされたのだ?」

静香は怒鳴った。両脇から女中が静香を支えている。静香は女中たちの手を乱暴に払った。目が据わっていた。

「助蔵はどこにいる?」

「助蔵は、出かけております」

邦兵衛が答えた。静香は邦兵衛を見た。

「邦兵衛、旦那様は、どこにおられる?」

「お内儀さん、旦那様は亡くなられました。いまは棺(ひつぎ)に納められております」

「……旦那様は亡くなった? 邦兵衛、私は悪い夢を見ていたぞ。旦那様が斬られる夢だ」

「お内儀さん、それは夢ではありません」

「……夢ではない、だと」

静香は二人の女中をずるずる引き摺りながら、邦兵衛の前に迫った。

「お内儀さん、落ち着いて」

女中たちが必死に静香を宥めた。静香は目をさらに吊り上げて叫んだ。

「まことか」

「まことでございます」

静香は歩くのをやめ、憎々しげに龍之介に目を向けた。

「おのれ、やはり旦那様を斬ったのは、竹野信兵衛（たけのしんべえ）、おぬしだったか」

静香は女中たちが止（と）めるのも振り切り、龍之介に詰め寄った。

「龍之介さん、危ねえ」

鮫吉が龍之介の手を引こうとした。

「大丈夫だ」

龍之介は鮫吉の手を払い、逃げずに両手を広げ、静香を止めた。

「お内儀さん、それがしは、竹野信兵衛にあらず。与兵衛殿を斬ったのは、竹野信兵衛だとおっしゃるのですな」

「…………」

「竹野信兵衛が旦那様を斬ったのだな」

「おのれは……」

静香は龍之介に摑みかかり、まじまじと龍之介の顔を覗き込んだ。一瞬、正気に戻った様子だった。

「おまえは、竹野ではないな。竹野は、どこだ？　誰か、竹野信兵衛を捕まえてくれ。おのれ、竹野信兵衛、わたしが仇討ちするぞ」

静香は金切り声で絶叫した。

女中だけではお内儀の抑えがきかず、番頭手代たちがどやどやと駆け付けた。静香は番頭や女中たちに囲まれ、宥められながら、奥の方に戻って行った。

「龍之介さん、危ねえ危ねえ。一時はどうなるか、と思いましたぜ」

邦兵衛も腰砕けになったように、その場に座り込んだ。

「静香様は悲しみのあまり、気が触れておしまいになった」

龍之介は頭を振った。

「いや、違う。静香殿は決して気が触れたわけではない」

己れが斬った相手の連れ合いは、きっといまの静香と同じ心境になったのに違いない。

「それがし、静香殿の哀しみが分かるような気がした。彼女は正気じゃないが狂ってはいない。誰が下手人かを伝えたかったのだ」

龍之介は、邦兵衛に振り向いた。

「竹野信兵衛という侍を知っているね」

「はい。ですが、ひょっとこの面を付けていたので、竹野様とはいいきれません」

「人は、たとえ顔を見なくても、そやつの体付きを見れば、誰か分かるものだ。おぬしも、ひょっとこ男の体付き、手足の動かし方、腰の動きを見たろう。その時、誰だと思った？」

「たしかに、私も竹野信兵衛様がおふざけになって、店に入って来たと思いました」

「おそらく、与兵衛殿も、そう思っただろう。だから、笑顔で迎えた」

「はい。私もそう思いました。でも、なぜ竹野様が……」

邦兵衛は唇を嚙んだ。

「竹野信兵衛とは、何者なのだ？」

「竹野様、いや竹野信兵衛は、一時は旦那様の護衛役でした。元薩摩藩士で、いまは浪人のはず。なんてこった。お内儀さんは、最初から竹野だと見破っていたんだ」

邦兵衛は顔色を変え、吐き捨てるようにいった。

鮫吉が唸った。

「そいつだ。間違いねえ。与兵衛を斬った後、薩摩藩邸に逃げ込んだ男だ」

龍之介は腕組みをした。

竹野信兵衛。薩摩示現流の遣い手。兜割りをまざまざと見せ付けられた。容易ならぬ剣客だ。

もし、立ち合うことになったら……。

龍之介は知らぬうちに背筋が総毛立つのを覚えていた。

四

薄暮が大川を覆っていた。

二艘の猪牙舟が上流に向かって進んでいた。

前を行く猪牙舟には、丁吉と銀兵衛の姿があった。

龍之介と鮫吉を乗せた猪牙舟は丁吉たちの猪牙舟を追って、川面を滑るように遡っていた。船頭が船尾に立ち、しなやかに漕ぐ櫓の水を分ける音が静かに聞こえて来る。

薄暗くなっても、一羽の鳥が、魚を求めて飛び込む姿が見える。

蟬の声も、岸辺の林から、まだ賑やかに響いて来る。

薄暗がりに千住大橋の橋桁が朧に浮かび上がっていた。二艘の舟は、橋桁の下の船着場にあいついで横付けして止まった。

前の舟から、丁吉と銀兵衛が狭い桟橋に飛び移った。後の舟の龍之介と鮫吉も、ゆっくりと舟から下り立った。

「こっちでさあ」

丁吉が先に土手の小道を駆け上がった。

鮫吉と龍之介が、その後に続き、最後に銀兵衛がゆっくりと小道を歩いて行く。

田圃の稲が青々と育っている。その田圃沿いの道を辿り、四人の人影は進んだ。

まもなく田圃は終わり、道は仕舞屋や古い屋敷や寺が集まっている平地に入った。

道は廃寺の前にさしかかった。荒れ果てた草茫々の境内に、屋根が壊れかけた寺院が、かろうじて建っていた。

「この廃寺の隣にある屋敷でさあ」

丁吉は土塀に囲まれた平屋の屋敷を指差した。掃き出し窓の障子戸を内部の明かりが照らしている。

不意に樹林の陰から、人影が現われた。

「親分、お待ちしていました」

低い声が聞こえた。

鮫吉が応えた。

「お、鶴吉か、どうだ、屋敷の中に助蔵はいるのか？」

「へい。助蔵らしい町人は、屋敷から出て来ません」

「裏口からも出たということはないか」

「そんなことがあれば、裏口に張り込んでいる弘太の野郎から合図が出るはず」

「合図はない、ということだな」

「へい」

「屋敷の中の浪人者たちの数は？」

「七人ほどです。あとは下女と下男です」

「助蔵を含めて八人か。何か、不審な者は現われなかったか？」

「昼すぎに水戸藩士らしい、きちんとした身なりの侍が三人、中間小者を従えて入って行きましたが、半刻ほど後に、全員揃って帰って行きました。ほかに富山の薬売りが一人、何かの行商人が一人、屋敷を訪ねましたが、すぐに帰りました」

鮫吉は仁王立ちし、屋敷を睨みながらみんなにいった。

「ここからは、龍之介さんとおれが乗り込む」

「それがし一人だけでいいと申すのに」

龍之介は笑った。鮫吉が頭を振った。

「龍之介さん一人だけで乗り込んだら、怪しまれて捕まってしまうかも知れん。なんせ、水戸藩士は、幕府と折り合いが悪く、殺気立っているからな」

鮫吉が心配しているのは、水戸藩内部の紛争と対立が激化しており、相手側の間者ではないか、と誤解されて闇討ちされかねないからだった。

さらに困ったことに、幕府の井伊大老が強権を発動し、大目付、目付、奉行所に命じて、尊皇攘夷を唱える志士たちの取り締まりを始めていることだった。これは後に、安政の大獄と称される弾圧になるのだが、龍之介たちはまだ知るところではない。

特に徳川親藩なのに、水戸藩には尊皇攘夷論者が多く、幕府は取り締まりを強化していた。水戸藩士の中には、脱藩者も多く、彼らは幕府への不満を抱いていた。なかには、武装決起も辞さずという浪人たちもおり、旧水戸藩の古屋敷に屯する浪人たちは、そうした尊皇攘夷を掲げる過激派の志士たちかも知れなかった。

しかも、張り込んでいた手下から、浪人たちが鉄砲らしいものを包んだ菰を、数本屋敷に持ち込んだという報告もあった。

丁吉が心配そうにいった。

「二人でも危ないんじゃねえですかい？」

龍之介は笑った。

「万万が一、それがしたちが捕まって出て来なかったら、会津藩邸の西郷頼母様に、それがし龍之介と鮫吉の二人が捕まったと訴えてくれ。必ず、西郷様が水戸藩に交渉してくれるはずだ」

鮫吉がにんまりと笑った。

「おまえら、ここで見張ってろ。何が起こっても動かず、黙って成り行きを見ていろ。龍之介さんのいう通りにしろ。いいな」

「へい」

みんな小声で返事をした。

「じゃあ、鮫吉、行くとするか」

龍之介は脇差しを丁吉に預け、丸腰の浴衣(ゆかた)姿で、団扇を手に、水戸藩の隠れ屋敷に歩き出した。

「龍之介さんよ、丸腰は危ないんじゃないかい」

鮫吉が追いながらいった。

龍之介は笑った。

「浪人たちは、鉄砲を持っているんだろう。脇差しを一本差して行くのも、丸腰で行くのも、同じようなものじゃないか」

「それはそうだが」

「ともかく、怪しまれないこと。それには、正面から堂々と乗り込んで行く。それが最上の策だと思おう」

「ま、仕方ないな。龍之介さんとは、一蓮托生で行くとしますか」

　鮫吉も覚悟を決めた様子だった。

　龍之介と鮫吉は、土塀の門戸の前で、大声で屋敷に向かって叫んだ。

「お頼み申す」

「お頼み申す」

「こちらに万字屋の大番頭助蔵さんがご在宅とお聞きしました」

　龍之介は声を張り上げた。

「それがしは会津藩士望月龍之介と申す者でござる。ぜひとも、助蔵どのにお目にかかりたく参上いたしした。見参見参。お願い申す」

　龍之介は返事はないか、と耳を澄ました。

　古屋敷は、明かりが雨戸の隙間から洩れているものの、静まり返っていた。物音一つしない。

龍之介は、もう一度、同じことを大声で繰り返した。

「助蔵殿、それがし、望月真之助の弟でござる。兄真之助の乱心の理由、ぜひとも、お教えくだされい。そのため、会津より出て参った。我らは二人、丸腰でござる。ほかには誰も連れてはいない。ぜひとも、それがしたち二人を見てほしい」

龍之介は両手を上げ、その場でくるりと軀を回した。鮫吉も、苦笑いしながら、龍之介と同じ格好で軀をくるりと回す。

どこからか、浪人たちは覗いて、こちらの様子を窺(うかが)っているはずだ、と龍之介は思った。

耳を澄ました。うんともすんとも、返事はない。

「龍之介さん、だめじゃないか。怪しまれて出て来もしないぜ」

「もう一度、試す」

龍之介は、土塀の門の前で、両手を喇叭の形にした。

「助蔵さんにお知らせする。万字屋与兵衛さんが、昨日亡くなった。そのこと、お伝えいたす。詳しく話を聞きたくないか」

龍之介は、腰に手をやり、返答を待った。

だが、いつまで経っても、返事はなかった。

「龍之介さん、引き上げようぜ。これじゃあ、埒が明かない。さあ」

そのとたん、屋敷の玄関の戸が軋みながら引き開けられた。

暗がりに数人の黒い人影が家の中から出て来た。

一人の影が土塀の門に歩いて来た。

後ろに四人の銃を持った影が並んでいた。人影は一斉に銃を龍之介と鮫吉に向けた。

土塀の門の扉が内側に開かれた。

扉を開けた男の人影がいった。

「万字屋与兵衛が死んだというのは、本当ですかい」

「本当だ。嘘はつかない」

「道理で、約束の日になっても、与兵衛さんが来ないはずだ」

助蔵らしい影が呟いた。

黒い影が、門に駆け寄り、龍之介と鮫吉の二人しかいないのを確かめた。

「二人しかいないな」

「よし、二人とも両手を上げたまま入れ」

野太い声が命じた。

「逆らったら、撃つ。いいな」

「分かった分かった」

龍之介と鮫吉は両手を上げたまま前庭に入った。男たちは銃を龍之介と鮫吉に突き付け、龍之介たちが丸腰であることを確かめた。

「よし、二人とも、屋敷に入れ」

「ついて来てください」

助蔵が龍之介にいった。

玄関に入ると、男たちは素早く戸を閉めた。さらに、もう一枚厚い木の板の扉が閉められた。

廊下の奥から、強盗提灯の明かりが龍之介と鮫吉を照らした。

「上がれ。手は下げてもいいぞ」

侍たちは、ようやく安堵し、龍之介と鮫吉を座敷へと連れて行った。

座敷には、何本もの百目蠟燭の炎が揺らめき、部屋をほのかに明るくしていた。

「座れ」

龍之介と鮫吉は、命じられるままに座った。

二人の周囲を五人の侍が取り囲んだ。いずれも抜き身を手にしている。白刃が蠟燭の火を反射して不気味に光った。

　龍之介の前に、助蔵らしい男が立った。男の手の強盗提灯が、龍之介の顔を明るく照らした。

「おぬしが、望月龍之介だな」

「さよう」

「兄上真之助によう似ておるな。そっくりではないか」

　助蔵は強盗提灯の陰で笑った。

「助蔵さん、悪いが強盗提灯で照らすのをやめてくれぬか」

「おう。そうだな。眩しかったな」

　助蔵は強盗提灯の向きを自分の方に向けた。

「私が助蔵だ。お見知り置き願おう」

「こちらこそ。あらためて挨拶いたす。それがしは望月龍之介だ。隣にいるのは、会津掬水組の侠客鮫吉親分。それがしの後見人だ」

「よろしう」

　鮫吉はじろりと周りを見回した。

　頭らしいどっしり落ち着いた侍が口を開いた。

「故あって、我々は名乗らぬ。本当は、おぬしらを入れずに帰ってもらおうと思った。だが、助蔵殿が、どうしても、望月龍之介と話がしたい、というので、仕方なく屋敷に入れた。予め聞いておく。おぬしら、幕府のイヌではあるまいな」

「それがしは、会津藩士。幕府の走り使いではない。まして間者でも細作でもない」

「右に同じだ」

鮫吉が嘯いた。

「よかろう。助蔵殿、話をなされい」

助蔵が待っていたように口を開いた。

「万字屋与兵衛はなぜ、死んだのです？」

龍之介は、万字屋の店で起こった斬殺事件を、助蔵に話して聞かせた。助蔵は、話を聞いて絶句した。

「竹野信兵衛が与兵衛殿を斬ったというのですか。信じられない」

「お内儀の静香殿も、邦兵衛も、ひょっとこの面を被ってはいたが、竹野信兵衛に間違いない、と申しておった」

「静香様も、そう申されたのか」

「静香殿は、半狂乱になって、しきりに助蔵はどこにいる、と探していたぞ」

「そうか。静香様は私を探していたか。可哀相に。おれがいたら……」

　助蔵は鼻を啜った。泣いていた。

　龍之介は鮫吉と顔を見合わせた。鮫吉はうなずいた。

　そうか。静香と助蔵は、男女の仲だったらしいと分かった。

「助蔵殿に、お尋ねしたい。小姓だった筧主水介殿が、兄真之助の乱心の理由が知りたかったら、おぬしを訪ねろと言い残して死んだ」

「筧主水介殿も死んだというのか。いつ？」

「昨年九月だ」

「筧主水介殿は、腕を斬られたな。その傷のためか」

「毒殺された。誰かに口封じされたのだ」

「酷い。毒殺した下手人は、誰です？」

「半蔵と申す間者。誰のために働いているのかは分からぬ」

「おおよそ、見当がついた。おぬしの兄上は、おぬしの藩の上層部に巣食う背信者に怒り、斬ろうとしたのです」

「背信者とは？」

「会津藩の若年寄一乗寺昌輔です。一乗寺昌輔は、エゲレス商人と結託して、会津藩を裏切る背信行為をして、ひそかに金儲けをしていたんです」

「そのことを裏付ける証拠はあるのか？」

「一乗寺昌輔がエゲレス商人と謀議をし、金を受け取った汚職の現場を見ていた証人がいます。秘密の取引をする証文もある」

「本当か」

龍之介はごくりと生唾を飲んだ。

兄真之助は、その証人に会い、さらに証拠の証文を見て、一乗寺昌輔に怒ったのか。

「本当はおぬしの兄上真之助殿が、一乗寺昌輔に斬り付けたのではないのです」

「どういうことです？　兄は乱心したのではないのですか？」

「おぬしの兄上は一乗寺昌輔に、背信行為をやめるよう諫言しようとしたのです。それを小姓の筧主水介は近くで見ていた」

そうか。それで筧主水介殿は、真之助は決して悪くはないぞ、といっていたのか。

しかし、では、筧主水介殿は、なぜ、兄に斬られたのだ？

「諫言を脅しと受け取った一乗寺昌輔は、子飼いの男に真之助殿を闇討ちするよう命じた。一方で一乗寺昌輔は、兄上の諫言を受け入れ、詫びるといい、子飼いの男と一緒に謁見の間に呼んだ。一乗寺昌輔は謁見の間で、人払いをし、三人になった時に、子飼いの男に兄上を襲わせたのです。謁見の間に上がる時には、小姓に大小を預けます。だから、子飼いの男と兄上は丸腰でした。だが、事前に子飼いの男は、小姓の一人を金で誑し込み、二振りの刀を屏風の陰に用意しておいた」

「その子飼いとは、兄の什の仲間だった田島孝介だな。兄は信用していた田島孝介に後ろから刺された」

「筧主水介は、ただならぬ気配を感じて謁見の間に飛び込んだ。筧主水介は倒れた兄上を助けようと、刀を抜こうとした。だが、田島に腕を斬られた。見ていた一乗寺昌輔は、もう一振りの刀で兄上に止めを刺した。その刀を兄上の手に握らせた。一部始終を見ていた筧主水介に、一乗寺昌輔は黙っているよう口止めした。これが、謁見の間での真相だ」

「証人は、その時、小姓組にいた者たち全員だ」

龍之介は、思わぬ話に言葉を失った。気を取り直して、助蔵に尋ねた。

「秘密の取引をしている現場にいた人とは、誰なのです？」

「一乗寺昌輔の愛妾です」

「愛妾？　名前は？」

「源氏名が、武蔵。深川切っての辰巳芸者です」

「武蔵とは男の名前ではないか？」

「深川の辰巳芸者は男名で、意気を張っているんです」

助蔵は真顔でいった。

「証拠の証文は武蔵の元にあるんです」

鮫吉がため息をついた。

「へええ。武蔵かあ。とんでもないところに証文を隠したもんだな」

「武蔵を知っているのか？」

「ははは。龍之介さん、深川で、武蔵を知らないのは、潜りだぜ。深川一番の高嶺の花が武蔵でさあ。楊貴妃よりも美しいといわれる世界一の別嬪さんだ。武蔵を籠絡した一乗寺昌輔という男も隅に置けない色男だぜ。やっていることは汚いがね」

龍之介は、初めて聞く話に驚くばかりだった。

助蔵は頭を振りながらいった。

「一乗寺昌輔の背信行為と汚職を暴くには、その武蔵を口説き落とし、証言を取るのと、彼女が隠している証文を手に入れなければならない、という二重の難関がありまず」

龍之介は疑問を抱いた。

「しかし、助蔵さんは、どうして、そういう情報を手に入れたんです？」

「武蔵が辰巳芸者だということですよ。私は武蔵といい仲になったわけではないが、フランス商人から、武蔵が取引現場にいたということを聞いた。さらに武蔵が一乗寺昌輔の目の前で証文を取り上げて、持ち去ったということを聞いたんです」

「なるほど」

龍之介は唸った。

兄の方のなぞは、おおよそ解けた。

父の方のなぞは、まだ解けない。

「父牧之介の自害の原因については、知っていますか？」

「うむ。それを知っているのは、殺された与兵衛だ。牧之介様は、万字屋の与兵衛を通して、エゲレスやフランス商人と交渉していたからね」

「そうですか」

龍之介は腕組みをした。

廊下をばたばたと走る音が響いた。

「組頭」

黒装束の人影が部屋に入って来た。

影は組頭に耳打ちした。

「分かった。会津の方々、悪いが話は、打ち切らせてもらうぞ。どうやら、幕府の捕り手たちが、こちらにやって来るという知らせが入った。おぬしたち、ここに居ると、非道(ひど)い目に遭う。引き揚げてくれ。我々におぬしたちを守る力はない」

「分かりました。引き揚げましょう」

龍之介はうなずき、鮫吉に行こうと促した。

「助蔵さん、またどこかで会ってくれますかね」

「うむ。もちろんです」

「まだ、お聞きしたいことがたくさんあります。今後は、どうやったら、助蔵さんと連絡が取れるのか」

鮫吉が龍之介に早く出ようと促した。

「私の方から連絡をします。私もぜひお頼みしたいことがあります」

助蔵は真剣な面持ちでうなずいた。

「では、御免」

龍之介は玄関に戻った。黒い人影たちが、さっと扉を開けた。

夜の涼気が顔にあたった。

鮫吉が土塀の門戸を開けた。龍之介は門から躍り出た。

「走れ」

鮫吉が叫び、銀兵衛たちが潜む林に向かって走り出した。龍之介も鮫吉の後を追った。走りながら、古い屋敷を振り向いた。

満月に照らされた屋敷がひっそりと建っているのが見えた。

第四章　哀しきは武士

一

短い休暇は終わったが、暑い夏の季節は、これからが本番だった。龍之介は再び講武所学生隊の訓練生活に戻った。

訓練期間は一応三ヵ月間だったが、訓練修了者のその後はまだ決まっていなかった。

龍之介は、教室の前の方の席に座り、フランス軍人のオスカー大尉の講義を受けていた。

オスカー大尉はフランス語で集団戦の仕方を講義していた。脇に立った日本人通詞が、オスカー大尉の話を逐一(ちくいち)訳して話す。

オスカー大尉は、会津の日新館に招かれたピエール大尉よりも若く、鉤鼻(かぎばな)の下に蓄えた髭（ひげ）があまり似付かわしくない軍人だった。

「戦闘の極意は……」

通詞はオスカー大尉の次の言葉を待つ。オスカー大尉が黒板にチョークで丸や四角を書き、太い矢印を付けて話す。通詞は慌てて、言葉を訳す。

「戦闘部隊が陣を組み、敵部隊を襲う。これを……」

オスカー大尉がフランス語で何事かをいう。通詞が日本語にする。

「これを戦術行動という。で、戦術行動には、攻撃、防御……、ええと、行軍、宿営もある。さらには、待ち伏せ、追撃、遅滞、退却、増援なども戦術行動となるわけです」

通詞は、とぎれとぎれに、フランス語を訳しながら勉強している様子だった。

龍之介ははじめこそ熱心に耳を傾け、帳面に筆を走らせていたが、強烈な眠気に襲われていた。午前中の集団教練で走った疲れが出たらしい。

教室の後ろの方の席から、ひそひそ話す声が聞こえた。後ろの席は大身旗本や上士の子弟たちに占有されている。時にくすくすと笑い合ったりしていた。

さすがに講師のオスカー大尉も怒り、顔を真っ赤にして、騒ぐ生徒たちを指差して、フランス語で怒鳴るのだが、なんといっているのか分からないので、大身旗本や上士の子弟たちは冷ややかに笑っていた。

「メルド！」

オスカー大尉は手にしていたチョークを床に叩き付け、教室から出て行った。通詞が慌てて、オスカー大尉の後を追って出て行く。

毎回、そんな具合だから、一向に授業は進まない。龍之介も、こんな状態では、まともな軍隊など作れないだろうな、と思うのだった。

幕府海軍は、勝海舟たちのように海外に目を開いた先見の明ある者たちが、早くから操船技術を学ばせる伝習生たちを養成したり、オランダから洋式軍艦を買い入れ、着々と建軍の歩を進めていた。講武所でも操船技術を伝習させる軍艦教授所を創り、海軍士官や水兵を養成した。後には軍艦教授所を講武所から分離独立させ、本格的な海軍建軍に踏み出していく。

幕府陸軍はちゃんとした建軍構想も決まっておらず、出来たてほやほや、よちよち歩きの段階だった。幕府上層部では、建軍にあたって意見が三派に分かれて争われた。これまで通りの武士を主体にした軍組織を主張する旧来のままの保守派、英仏などの軍隊を見習った近代的軍隊を創設すべしとする近代派、両派の中間派である。三派は、互いに足を引っ張り合い、けなし合ったので、建軍方針は右顧左眄し、混迷を深めていた。

それでも、英仏連合軍がアヘン戦争、アロー戦争と、清国軍を二度にわたって撃破し、清国を開国させ、屈辱的な条約を締結させたという話が伝わったこともあって、近代派が優勢になった。

当初は旗本御家人の子弟の武芸鍛練所の性格が強かった講武所も、それでは間に合わぬと外国の近代的軍隊を模した幹部養成所に変貌しつつあった。龍之介が入所したのは、そうした時期だった。

幕府上層部は、海軍同様、初めはオランダ陸軍の影響を受けていたが、フランス軍を見習う方針になった。少し前まで、ナポレオン率いるフランス軍が名実ともに、世界を席巻（せっけん）していた時代だ。

講武所には、何人かのフランス人軍事顧問が招かれ、彼らから軍隊作りの指導を受けたり、集団の動かし方や命令伝達の仕方、戦術や指揮の仕方などを学ぼうとしていた。

だが、旗本御家人の子弟には、海軍伝習生たちと違って、危機感がなかった。戦になったら、自分たち武士が戦うものだ、と思っている。昔ながらに、上士、大身旗本や御家人の特権的な座を享受し、戦になっても、自分たちが大将になって指揮を執り、敵と戦うと思っている。部下や兵のことなど、足軽や下僕程度に思って、軽んじており、自分が命令を出せば、みな従うと思っている。

いまはそんな時代ではなくなり、戦は武士だけでなく、普通の民が鉄砲や大砲で戦う時代になった。鉄砲や大砲さえあれば、刀などいらない時代になっている。時代が大きく変わりつつあるのを、彼らはまったく分かっていないのだ。

講武所の教官たちも、まだ頭は古い昔のままだった。

兵を募るにあたり、上士や中士だけでは員数が足りないので、下士や足軽など士分、さらには武家奉公人の侍を募って学生隊を編成したものの、中隊長をはじめ、小隊長、分隊長などには、上士の子弟を付けた。下士や足軽などの身分の者は、隊長にしなかった。もし、下士や足軽の身分の者を隊長に付ければ、その隊には、上士や中士も配属出来ない。彼らは下士や足軽の上官を認めないし、その命令に従おうとはしないだろう。

オスカー大尉の語るフランスの軍隊は、貴族出身の指揮官が率いてはいるが、兵は身分の隔てがなく、上下がない普通の平民だった。講武所が試しに編成した学生隊は、古い身分制度そのままだった。

学生隊には、軍事教練は一緒でも、戦術や指揮などの座学には、希望しても出席出来ない生徒が大勢いた。身分が下士や足軽、武家奉公人などの士分だからだ。彼らはいくら優秀であっても将校にはなれない。

これでは、いくら外見だけフランス式軍隊になっても、中身が変わらなければ、戦国時代の武士集団のままだろう。

龍之介は、オスカー大尉の講義が中断されたまま終わった教室に残っていた。大身旗本の上士たちは、高らかに笑いながら、群れをなして、教室から出て行った。

「なんか、やってられんな」

やはり残っていた笠間慎一郎が、笑いながら、龍之介の長椅子に移って来た。

「砲術にも大事な講義なんだが、あの連中がいるお陰で、いつも中途半端にしか勉強できん。困ったもんだぜ」

笠間はぼやいた。

「オスカー教官は砲兵出身だと聞いている。ぜひ、オスカー教官から『空飛ぶ砲兵大隊』とか、『イノシシの頭』陣形とかいった戦術の体験を聞きたかったのに」

「何です、それ？」

龍之介は訝（いぶか）った。

「ははは。ナポレオン・フランス軍の戦法だよ。会津でピエール大尉から聞いたんだ。

『空飛ぶ砲兵大隊』という戦法は、一つの大隊が戦場のある地点の敵を短時間で叩き、すぐ移動する。これを繰り返す戦法なんだ」

「しかし、重い大砲を抱えた砲兵部隊は動きが鈍いでしょう？」

「そう。移動が大変なんだ。それをどうやるのか、オスカー大尉に訊こうと思っていたんだ」

「イノシシの頭の陣形というのは？」

「歩兵と騎兵、砲兵の三軍で菱形を造る混成陣形だ。歩兵が何層も厚く隊形を組んでイノシシの鼻に見立てる。その歩兵隊の後ろに砲兵隊二組を並べる。これがイノシシの目になるんだ」

笠間は机の上に指で楽しそうに陣形を描いた。

「そうした本隊の側面と最後尾には、斜角陣で、縦列、横列、方形陣の歩兵を並べる。そうやって、イノシシの顔を作るわけだ」

「騎兵隊は、どこに？」

「騎兵隊は、本隊の側面と後ろにいて牙になる。攻撃の時は、牙が真っ先に突っ込んで、敵陣を切り裂く」

「なるほど」

「オスカー大尉は実戦を経験なすっているそうなのだ。だから、こうした戦法の実際について、おれは質問するつもりだった」

笠間は残念そうに机を叩いた。

龍之介は笠間に同調した。同じ思いだった。

「やつらが幕府陸軍の中心になるというと、先が思いやられる。我々、会津藩兵の方がよほど戦力になるな」

龍之介は笠間の考えに同感だと思った。

笠間はいきなり龍之介に顔を近付けた。

「ところで、聞いたか？」

「何を？」

笠間は、教室に残って雑談している学生たちをじろりと見回した。みんな仲間同士の話に浸っており、龍之介たちには関心もなかった。

笠間は低い声でいった。

「また、ひと荒れ来るらしいぞ。それで講武所の先生方は戦々兢々としている」

「講武所もか。鹿島明仁によると昌平坂学問所の教授先生たちもそうらしい」

「やはりな。しかし、今度の取り締まりは、これまでのそれとは違うらしい。いま、都では尊攘派の志士狩りが始まっているそうだ。噂によれば、反幕尊攘の志士たちがつぎつぎに捕縛され、江戸に送られて来ているそうだ」

「どこに送致されているんですか？」

「評定所だ。そこで詮議にかけられ、切腹、獄門、斬罪、軽くて遠島といった極刑に処せられる」

「それは酷い」

龍之介は呻いた。

笠間は囁いた。

「大身旗本の馬鹿息子から聴いた話では、つい最近だが、天皇から水戸と長州に、攘夷を命じる密勅が下されたそうだ」

「日米修好通商条約を結んだ幕府の井伊大老は、どうするんだろう？」

「大老は、もう引っ込みがつかない。天皇の意向を無視し、条約締結に反対していた一橋派の水戸藩や長州に連なる攘夷派の志士たちへの大弾圧に突っ走るしかないだろう」

龍之介は、西郷頼母と勝海舟が交わしていた話を思い出した。

外敵が虎視眈眈と狙っているというのに、国内で争っている場合か！

「きっと会津の要路たちも、首を竦めていることだろう。なにせ、徳川親藩の水戸藩であっても安穏としてられない。いや、これまで水戸藩は尊皇攘夷派の急先鋒だったのだから、井伊大老は見逃さないだろう。会津の容保様も、水戸と南紀に迫られ、どうしようか、と迷っておられるだろうがね」

龍之介はいった。

「西郷頼母様が容保様のお側に居れば、なんとか、騒動に巻き込まれずにいられると思います」

笠間は浮かぬ顔をした。

「一乗寺常勝や北原嘉門たちが、妙な動きをしなければいいが」

「どういうことです？」

「北原嘉門は、勤王佐幕派だろう。幕府にはいっさい逆らわない。幕府が開国といえば開国、攘夷といえば攘夷になる。いまは井伊大老を支持するだろう」

笠間はにっと笑った。龍之介は聞いた。

「では、一乗寺常勝は？」

「一乗寺常勝は曲者だ。弟の昌輔は兄に輪をかけて曲者だ」

「たしかに」

龍之介は、笠間のものいいに同調した。自分も同じような思いを抱いている。

「兄常勝と弟昌輔は、性格も信条も違えば、好みの女も違う」

「一致しているところは？」

「二人とも、陰謀家、策士の臭いがするところだろうな。どうも信頼できない」

「それがしも」

龍之介は兄真之助のことを思った。

助蔵の話によれば、真之助は乱心したのではなく、昌輔の陰謀で、田島と昌輔に殺された。それを裏付ける証言を得るには、当時、筧主水介の同僚だった小姓たちを探してあたるしかない。

龍之介は笠間に、その話を打ち明けようと一瞬思ったが堪えた。

「おれは、おぬしの兄上が、なぜ、乱心したのか、その原因は昌輔殿にあると思っている。おぬしも、そう思っているのだろう？」

「ええ」龍之介は深くうなずいた。

「そうだろうな。もし、調べることがあれば、手伝うぞ。いってくれ」

「その時は頼みます」

「うむ。ま、お互い、用心しようぜ。いまの世の中、騙すやつよりも、騙されるやつが悪いとされるからな」

笠間はにやっと笑い、龍之介の肩をぽんと叩いて立ち上がった。

「これからフランス語の授業だ。予習しておかんとな」

いかん。次は、自分もエゲレス語の授業だった。

龍之介は英語読本を入れた風呂敷包みを抱えて立ち上がった。

二

それから一月が経った。

その一ヵ月間、龍之介が所属する第四中隊は、竜崎大尉の下、フランス人軍事顧問のライアン大尉とヤニス軍曹によって、徹底的に扱かれ、日夜訓練に明け暮れた。

連日、かんかん照りのなか、練兵場で小隊ごとに分かれ、鼓笛隊の太鼓に足並を合わせ、行進する。全員汗だくになり、日射病でぶっ倒れる者が続出したが、十日もしないうちに、隊員たちの足並はぴたりと揃い、全員の息も合うようになった。

龍之介がいる第四小隊第一分隊は、最初、ひどく行進が下手くそだった。歩調が揃わなかった。そのため、しょっちゅうヤニス軍曹から怒鳴られていた。だが、龍之介が歩きながら何げなく唄った会津音頭が、分隊員たちに受けた。会津音頭を歌うと、その調子に合わせ、分隊十人全員の歩調が揃い出した。

「おい、おれたちは会津の部隊かよ」

土田利助が苦笑いしたが、一番声を上げて歌っていた。

会津音頭はほかの分隊でも唄われ出し、行進練習はだんだん上達していった。しまいには、中隊全体で会津音頭を唄っての行進となっていた。慣れれば太鼓の音でも歩き易い。

練兵場では、他の中隊も行進の練習をしていたが、第四中隊は際立って、足並が揃い、歩く姿勢も綺麗だった。木陰で休んでいるほかの中隊員は口をあんぐりと開けて、第四中隊の行進に見蕩れるほどだった。

行進の足並が揃い、隊員全員の息が合うと快感を覚える。歩くのが快感になると、みんなのやる気や士気が高くなって行く。

半月後には、行進を指導するヤニス軍曹の声は号令だけで、叱咤する声はまったく飛ばなくなった。

閲兵(えっぺい)する竜崎中隊長とライアン大尉も、第四中隊の行進に満足げだった。

一ヵ月後、第一から第四までの四個中隊全体と海軍伝習隊が分列行進を競うことになった。

閲兵するのは、講武所総裁だったが、最も評価が高かったのは、龍之介たちの第四中隊だった。

分列行進で一番とされた隊員たちの士気は、否応なく高まり、射撃訓練や部隊戦闘行動などにも波及した。射撃では、ゲベール銃の命中率が高くなった。

ゲベール銃は前装式なので、一発撃つ度に筒の中を掃除しなければならない。そして、火薬包みを銃口から入れて銃底に詰める。そして鉛の弾丸を入れて、ようやく撃鉄を上げて撃つ。

訓練では、この作業を何度も繰り返して習熟するのだが、後年に出て来る後装式銃よりもかなりの時間がかかった。

それでも、何度も繰り返せば、弾込めの速度も早くなり、時間も短くなる。

野外戦闘訓練でも、第四中隊はフランス軍事顧問の教官たちや大隊長たちから、高い評価を受けた。

龍之介たちは、ライアン大尉たちから、基本陣形である横陣戦闘、ナポレオンが好んだという縦陣戦闘を習い、それらを何度も訓練して習熟させた。さらに、一翼を強くした斜行陣、全周を守る円陣、一翼を横にした鉤形陣、機動突破をめざす弾丸陣などを体験した。

第四中隊の隊員たちは隊長の下、一致団結して行動し、他の中隊を圧倒した。初めは、第一中隊が筆頭中隊と見られていたのに、わずか一ヵ月後には、第四中隊が筆頭中隊視されるようになっていた。

こうなると、第四中隊の隊員たちの目の色が変わった。他中隊には絶対に負けまいとして訓練に気合いが入り、部隊行動も他中隊よりも敏速になった。

練兵場の外に出ての十里耐久走でも、第四中隊の第四小隊第一分隊が先頭を切った。疲れると、土田利助が率先して会津音頭を歌い、みんなも合唱して走った。お陰で第四中隊は一人も落伍者を出さず、全員が完走することが出来た。

ちなみに大身旗本が幅を利かせていた第一中隊は、半数が落伍して、完走出来ぬ者が続出した。第二、第三中隊も、ほぼ全員が完走したので、第一中隊の大身旗本たちの面目は丸潰れだった。

第四中隊は、最初「ダメ四」といわれた第四小隊と同じく、吹き溜まりのダメ中隊とされていたが、いまでは全員が第四中隊であることを誇りにするようになり、事実上の筆頭中隊であることを誇りにしはじめていた。

隊員たちは近接格闘戦(きんせつかくとうせん)でも、実績を上げた。龍之介がみんなに銃剣での戦い方を教え、何度も銃剣で練習を重ねた。

その結果、第四中隊の隊員は、どんな相手に対しても臆することはなくなった。もし、一人では負けても、仲間が集団で支援するので、互いの信頼も培われた。

全員が近接格闘になっても、敵を打ち負かす術を覚え、戦闘に自信を持ちはじめた。

龍之介は隊員たちの変貌ぶりに驚くとともに、誇らしくも思った。

龍之介たち講武所学生隊全員に時ならぬ休暇が出た。訓練の成果が非常に良かったので全員に、給料のほかに報奨金を授け、三日間の特別休暇を出す、という講武所総裁の布告だったが、実情は違うらしい。

井伊大老の強権的な粛清が、幕閣や幕府の要人にも及び出したので、講武所でも総裁をはじめとする幹部たちが、急遽会合を開き、対策を練ろうということらしい。

第一分隊の面々も、一ヵ月ぶりの休みを家に帰って楽しもうと、前夜から子どものように大騒ぎをしていた。全員が十七歳から二十二歳までの若者である。

足軽の辰造も大助も、槍持ちの泰吉も、独身者で家に帰ったら親から見合いをするようにいわれているという。三人は揃って、分隊長の中野吉衛門に相談していた。

分隊長の中野吉衛門は中士で、分隊では一番年上の二十二歳、唯一の妻帯者で赤子もいる。当然、家に帰るという。

「龍さんも、この際だ、娑婆に出たら、いい娘を見付けて所帯を持ったらどうでえ。この先、いつ戦になるか分からねえぜ」

砂塚道蔵が、三人を見ながら、そっと龍之介に囁いた。砂塚道蔵は、独身の二十歳、さる大身旗本の屋敷で奉公人をしていたが、ある時、主人が不祥事を起こして改易された。それに伴い、砂塚道蔵も解雇され、行き場がなくなった。そこに、ちょうど幕府歩兵隊の募集があり、志願したという。給料がほかよりも良かったからだった。そして回されたのが、講武所学生隊だった。

「もし、いい娘がいたらね」

龍之介はそういって、ごまかした。

元町方役人だった松阪宇乃介は、独身の二十歳、上役の御新造に手を出し、奉行所に居られなくなった。長屋も追い出されたので、家に帰りたくても帰れないという。

同じく元町方役人の工藤久兵衛は、独身の二十一歳だ。老いた泥棒を捕まえたが、取り調べで責め過ぎ、殺してしまった。その年寄りには、老いた病気の女房がいたが、夫の遺体を引き取った後、長屋で首を吊って死んだ。それで町方役人を辞めて、幕府歩兵隊に志願したら、講武所学生隊に回された。工藤久兵衛も帰る家なしだった。

元目明かしの小島力男は十八歳だが、親に反抗してやくざになった。即刻親から勘当され、帰る場所がないので、宿舎に残るということだった。

土田利助は、下士、独身の十九歳、小兵だが、がたいがしっかりしており、力持ちだったので、憧れの相撲部屋に入った。だが、やはり相撲取りには無理だと分かり、辞めて、幕府歩兵隊に入り、講武所に回されたという。利助の両親はさる旗本の武家奉公人をしており、利助の帰りを楽しみにしているとのことだった。

ほかの分隊士も、第一分隊の隊員と似たり寄ったりの境遇だった。

ともあれ、龍之介は休暇を使って、やらねばならないことがある。分隊のみんなには、三田藩邸にいる家族の元に帰るといって、腰に脇差しを差して宿舎を出た。

三

講武所の営門に急ぐと、鮫吉が門衛たちの前でにやにやしながら、龍之介を待っていた。

「長のお勤め、ご苦労さんです」

鮫吉は戯けて頭を下げた。

龍之介は苦笑いした。

「なんか、それがしは監獄を出所したみたいではないか」

「一月、外へ出られなかったんでしょう。いろいろ土方仕事みたいなのをやってたんでしょうが。その軀付きを見れば、そうとうきつい仕事をやって鍛えられたのが分かりまさあ」

「そうかな」

龍之介は、己れの軀を見た。

いわれてみれば、腕や足、腰が、きつい教練で少し鍛えられたような気がした。二の腕がいくぶんか太くなったように見える。

「さ、行きやしょう。休暇は三日しかないんでしょ」

「鮫吉さん、どこへ行こうというのだ」

「さんはなしっていったでしょ。決まってまさあ。深川でしょうが。一つには、なんとしても、武蔵に会って、昌輔の汚職について問いたださねばいかんでしょうが」

鮫吉はにんまりと笑った。

龍之介は、さすが鮫吉さんだ、よく気が付く、と唸った。

「龍之介さんにはいってなかったと思うけど、深川には、うちらの会津掬水組の詰め所がありましてね」

「へえぇ。どうして、深川に」

「深川には会津藩の深川御屋敷があるし、両国橋の南には大川端屋敷っていうお抱え屋敷もあるんで、力仕事がある時のために、あっしらも通いやすいように詰め所をつくったんですよ。龍之介さんの講武所がある築地も近い。舟で一漕ぎだ。だから、一度覗いてもらおうと思いやしてね」

鮫吉と龍之介は歩き出した。

門衛たちが龍之介に挙手の敬礼をした。

龍之介もさっと挙手の答礼をした。いつの間にか、そういう挨拶が身についていた。

鮫吉も慌ててぎこちない挙手の挨拶を返した。門衛たちは笑いながら、答礼した。

後から学生隊員たちも門衛に敬礼しながら営門を出て来る。

空はからりと晴れわたっている。朝から陽射しは強く、かんかん照りだった。林から蟬時雨(しぐれ)が降りかかってくる。

鮫吉は歩きながら龍之介にいった。

「船着場に船を用意してあります。ちょっと船ん中で相談しやしょう」

鮫吉は龍之介を先導するように講武所の営門近くの船着場に向かった。

掘割には、迎えの舟がたくさん押し寄せていた。屋根船も混じっている。

鮫吉は桟橋の一番手前に停まっていた屋根船に龍之介を案内した。屋根船の障子戸は開け放ってあり、船の中に二人の男の影が見えた。日陰で暗いので顔は分からない。

部屋は屋根の下なので涼しかった。

屋根船の中にいた一人が頭を下げた。

「おはようございます」

顔を見て驚いた。

「助蔵さんじゃないですか」

屋根船の中にいたのは助蔵だった。

もう一人の男は、鬼瓦の顔の銀兵衛だった。銀兵衛はむっつりと押し黙ったまま、控えていた。

龍之介と鮫吉が船に乗り込むと、船頭はすぐに棹を突いて屋根船を船着場の桟橋から押し出した。

龍之介は狭い部屋に潜り込んで座った。

「どうして、助蔵さんがここに？」

「鮫吉親分に助けられましてね。でなけりゃ、いまごろ伝馬町（てんまちょう）で、重い石を抱かされてたでしょう」

助蔵は心細げに笑った。

伝馬町とは江戸の小伝馬町にある牢屋敷のことだ。

「鮫吉さ……いや鮫吉、どういうことです？」

鮫吉が船頭に何事かを指示し、部屋の中に入って胡坐をかいて座った。

「いえ、なに。ほら、龍之介さんと連れ立って、千住の水戸藩の隠れ屋敷に乗り込んだでしょう？　助蔵さんと話を終えて、逃げるように引き揚げた。だけど、妙に気になって、銀兵衛たちに、引き続き屋敷を張り込ませていたんです」

「何が気になったって？」

「張り込んでいた手下がいったんです。自分たちとは別の連中が、あの屋敷を張り込んでいるってね」

「その連中とは？」

「調べると町奉行所の目明かしたちでね。あっしらの手下をどこかの目明かしと勘違いし、お疲れさんです、と挨拶して来たそうです」

鮫吉は笑った。龍之介はきいた。

「なぜ、町方が張り込んでいたのだ？」

「銀兵衛、おまえから報告しな」

「へえ」銀兵衛は座り直した。

「あっしがいかにも現場を仕切っている頭のふりをして、目明かしをどやしつけたんです。てめえら、おれたちの獲物を横取りしたら、ただじゃすまねえぞ、ってね」

「そうしたら？」

「うちらは、そのつもりはないって。じゃあ、誰の指図で動いているんだと訊いたら、指で上を指しながら、お奉行様の上の上、さらに上の方から命じられていると。それで、ぴんと来た。ああ、井伊大老の野郎の命令だなと。で、いつ捕りに打ち込むんだと訊いたら、屋敷に手配中の水戸の浪人者たちが集まったら、上に連絡すると。目付率いる捕り方たちが大挙駆け付け、浪人者たちを一網打尽にすると」

「浪人たちとは水戸藩を脱藩した志士だな」

龍之介は唸った。

「そうなったら、助蔵さんも捕まってしまうってんで、一計を案じ、済まねえ、龍之介さんの名で助蔵さん宛てに、一筆手紙を書いた」

「それがしの名を使ったか」

龍之介は苦笑いした。

「済まねえ。そうしねえと、助蔵さんは手紙を信じねえだろうからね」

「なんと書いたのだ？」

「井伊大老の手下が打ち込もうとしている、屋敷に大勢で集まったら危ねえってね。夜陰に紛れてふけなって」

助蔵が銀兵衛に替わっていった。

「初め私は手紙を読んでも信じられず、お頭と相談した。お頭はちょっと考えていたけど、あの侍は若いが信用できる、といって、みんなを集め、隠れ家を放棄し、夜陰に紛れて脱出すると命じた」

「それはよかった」

龍之介は銀兵衛にうなずいた。銀兵衛は付け加えるようにいった。

「助蔵さんには、侍さんたちと別れて、橋の袂（たもと）の船着場に来るようにと書いておいた。あっしらが、そこでお待ちしますと。合い言葉は、与兵衛と静香。助蔵さんには分かるだろうが、ほかの人には分からない」

「なるほど」

「暗がりで助蔵さんが、与兵衛と呼んだら、あっしらが静香と答えるってことにして、助蔵さんを無事連れ出したんで」

「それはよかった」

「助け出したのはいいが、助蔵さんを放っておくわけにいかねえ。きっと御上は助蔵さんを尊攘の志士たちの同志と見ている。それで、深川のあっしらのシマに連れて行って匿うことにしたんでやす」

「深川なんて盛り場では人目につくのでは？」

「いや、かえって田舎の辺鄙なところの一軒家なんかに匿うよりも、おおっぴらに大勢の人が行き来する盛り場の方が目立たない。捕り方も、まさか深川のど真ん中に、指名手配した野郎がいるとは思わねえだろって」

「人目の裏をかいたわけだな」

「その通りでさ。それに、深川にいれば、おれたちが駆け付けて助け出せる。ど田舎に籠もられては、おれたちも簡単には駆け付けられねえってわけです」

突然、近くで甲高い汽笛が鳴り響いた。いつの間にか、船は築地の沖合の海に出ていた。目の前に停泊中の三本檣の軍艦が波に揺られていた。屋根船は、ゆっくり大川の河口をめざして進んで行く。

助蔵が鮫吉や銀兵衛、龍之介に礼をいった。

「いやあ、みなさんのお陰で、ほんとに、こうして龍之介さんにまたお会いできるとは、夢を見ているようです。みなさんへは感謝の言葉しかない」

鮫吉は笑った。

「そうこうしているうちに、あっという間に一月が過ぎた。龍之介さんが、お勤めから出て来るまで、何もしねえ、というのも能のない話なんで、ここは、助蔵さんもいることだし、龍之介さんの立場に立って考えてみたんです。もし、おれが龍之介さんだったら、出て来たら、何を知りたいだろうって。それでいろいろ調べておくことにしたんでさ」

龍之介は、笑いながら、礼をいった。

「それがしの立場に立って考えてくれたとはありがたい。で、どんなことが分かった？　教えてほしいな」

鮫吉はうなずいた。

「まず真之助さんの事件です。真之助さんが殺された経緯の真相は、助蔵さんが寛主水介から直接聞いた話で明らかになった。一乗寺昌輔が下手人だと証言できる目撃者は、当時の寛主水介の同僚の小姓だけになった。彼らは、昌輔から固く口止めされているか、口封じされているだろう」

「うむ。そうだろうな」

龍之介はうなずいた。鮫吉は続けた。

「これは、会津上屋敷の者でないと調べようがない。あっしらが調べるのは無理だと諦めた」

筧主水介の同僚の小姓たちは、大目付の萱野修蔵か西郷頼母にお願いすれば、すぐに分かるだろう。あとは、自分の仕事だ、と龍之介は思った。

「次に龍之介さんの立場で考えたのは、兄の真之助さんが、どうやって、一乗寺昌輔の背信行為と汚職を知ったのか、だ。いったい、誰から聞いたのか」

「兄は、昌輔の愛妾、辰巳芸者の武蔵に直接会って話を聞いた……」

龍之介は言葉を止めた。

「だが、それは違うか。兄が武蔵と懇ろになるには時間もないし、金もない」

龍之介は腕組みをした。鮫吉もうなずいた。

「そうなんですよ。こういってはなんだが、真之助さんが、深川に通いつめ、武蔵と馴染みになって、そういう暴露話を聞いたとは、とても思えないんです」

「たしかに」

「すると、真之助さんは、昌輔の愛妾武蔵が、昌輔がエゲレス商人と会っている取引の現場にいたということを、誰から聞いたのか」

「うむ……兄はいったい、誰から聞いたのだろうか？」

龍之介は助蔵を見た。助蔵は頭を左右に振った。

「私ではありませんよ。残念ながら。私は、これまでその話をしたのは、龍之介さんと鮫吉さんが初めて。他の人には話したことがなかった」

「そんな話を兄にするとしたら、誰がいます？」

「私に昌輔の裏話をしてくれたフランス商人のスネル。ほかには、きっとエゲレス公使が知っているでしょうね。でも、エゲレス公使が、自国のエゲレス商人と昌輔が悪い相談をしているということを知ってはいても、決して話さないでしょうな」

「すると、兄は、助蔵さん同様に、そのスネルから聞いたのかも知れませんね」

助蔵はうなずいた。

「いまのところ、スネルしか思い浮かばないですね」

龍之介は、スネルというフランス人の名を聞いた覚えがあった。どこで聞いたのだろう。

「そのスネルというフランス人は、どういう人なのです？」

「スネル兄弟は、長崎出島(でじま)にやって来た当初は、オランダ人として登録していたが、実はプロイセン人だという複雑な国籍の人なんです。いまはフランス公使ロッシュと仲がよくて、フランス商人と称している」

助蔵は額に手をやり、思い出しながらいった。

「兄は、ジョン・ヘンリー・スネル。弟は、エドワード・スネル。二人とも日本人が大好きで、長崎に来てからずっと我が国に住んでいるので、日本語はぺらぺら。もちろん、オランダ語、フランス語、エゲレス語も流暢（りゅうちょう）に話す。私たち万字屋は、だいぶスネル兄弟と付き合って、いろいろ商売をさせてもらいました」

「怪しい外人だな」

龍之介は正直にいった。助蔵は笑いながら、頭を振った。

「話だけでは、怪しいが、スネル兄弟は付き合ってみると、二人とも気さくないい男たちですよ。友人になると何でも話し合える、信頼できる男です。結構、正義感も強くて、それで一乗寺昌輔の裏話なども、私に打ち明けてくれた」

助蔵ははっと気付いていった。

「そうそう。スネル兄弟は会津藩のほかの要人たちとも付き合っていた。会津藩は、スネル商会を通して、銃や弾薬なども買っていたと思います。そうか、お兄さんは会津人だから、スネル兄弟と親しくなり、一乗寺昌輔の悪業を聞いたのではないか。そうだ、そうに違いない」

「スネル兄弟に会えますかね」

「スネルは、どちらも会津が好きだから、龍之介さんに喜んで会うでしょう。兄さんを知っていればなおのこと会うはず。たしか、二人は会津に行ったといってた。きっと一乗寺昌輔の悪業も教えてくれると思う。なんなら、私がスネル兄弟と会う段取りをつけてもいい」

「それはありがたい。ぜひ、お願いしたい」

龍之介は話しながら、ふと思い出した。会津日新館の射撃場で、鉄砲の射ち方を練習していた時、その様子を見学に来た外国人が二人いた。その時、わけ知りの鹿島明仁が、あの外人さんはスネルという武器商人だ、といっていた。

「龍之介さん、これで、一つ疑念が晴れやしたね。そうなると、もう一つの疑念、一乗寺昌輔は、なぜ、真之助さんを殺そうと思ったかです。昌輔は、いくら諫言されても、知らぬ存ぜぬとシラを切ることができたはず。証人や証拠を出せと居直ることもできた。だが、そうせずに、諫言を受け入れるふりをして、真之助さんを呼び寄せ、乱心したとみせかけて、殺してしまった。これは、どうしてなのか、というなぞですな」

「なるほど。兄を殺すことはなかったのに、なぜ、殺したのか」

龍之介はまた浮かび上がったなぞに首を傾げた。

鮫吉は考え考えいった。

「さっきの続きですが、真之助さんがスネルから、昌輔の背信や裏切りの話を聞いたとします。だが、真之助さんは、その話を鵜呑みにせず、きちんと裏付けを取ろうとした。それで、真之助さんは深川に乗り込み、なんとか手蔓を使って武蔵に会った。そして、スネルから聞いた話を、武蔵にぶつけ、事実かと確かめた。武蔵は、それに対して何と答えたかは分からないが、すぐに昌輔にご注進した。昌輔は激怒し、真之助さんを殺し、口封じしようと決意した。こういう流れになるのかな」

龍之介はうなずいていった。

「問題は、武蔵が、何と答えたのかだな。エゲレス商人との秘密の取引の場にいたことを認めたとしても、その証言はいつでも反故にできる。武蔵が、言を左右すれば、証言としては弱い。だが、証文となれば、昌輔は逃げようがない」

「つまり、真之助さんは、武蔵が隠し持っていた証文を、なんらかの方法で手に入れたのではないか、となるな」

「昌輔は、武蔵の裏切りに怒るとともに、その証文をちらつかせて諫言して来た真之助さんを口封じせざるを得なくなった？」

龍之介は鮫吉や助蔵と顔を見合わせた。

どうやら真之助の乱心事件の絵がはっきりと見えてきたと、龍之介は思った。

船は大川を横切り、小名木川の掘割に入り、万年橋の下を潜った。右手の岸に花街が見えた。まだ昼前の早い刻限とあって、花街の華やかな騒めきは聞こえて来ない。喧しく鳴く蟬の声だけが川面に流れて来るだけだった。

「船頭、この先の高橋の船着場に止めてくれ。そこで下りる」

鮫吉が大声で命じた。

「へい」

櫓を漕ぐ船頭が答えた。

掘割の前方に太鼓橋の高橋が近付いて来た。

龍之介は腕組みをし、絵の中に、まだ何か描き足りない物があるのではないか、と考えていた。

四

花街の朝は侘しい。

女郎屋の前の通りは閑散として、人の通りもまばらだった。女中が手桶の水を杓で汲み上げては、道路に打ちやっている。

痩せこけた野良犬がふらふらとさまよい歩き、道端の臭いを嗅ぎ回っている。女中の打水がかかると、きゃんと鳴き、尻尾を巻いて飛び退き、路地に逃げて行った。

猫はのんびりと手足を伸ばし、瓦屋根の上を悠々と歩いて行く。

「この路地を入ったところに仕舞屋がありやす。元日本橋の米屋の旦那が女を囲っていた家で、部屋数も多いんで、会津掬水組の本拠にしてやす。その奥の部屋に助蔵さんを匿っていたというわけでさあ」

路地に入り、奥に進むと、鮫吉がいうように二階建の瀟洒な仕舞屋があった。背丈の高い黒塀が家の周りを囲んでいる。外から覗かれる恐れもなく、隠れ家としては格好の場所だった。

玄関先に丁吉をはじめ、若い衆が鮫吉や龍之介たちを出迎えた。

「親分、お帰りなさい」

「お帰りなさい」

子分の町奴たちが飛び出して来て、列を作り、龍之介や助蔵に頭を下げた。

鮫吉や銀兵衛は、子分たちに囲まれて上がり框に腰をかけた。たちまち、水が入った桶が運ばれた。

「客人が先だ。おれたちは客人たちの後だ」

「へい。合点でやす」

子分たちは、鮫吉の隣に座った龍之介や助蔵の足を桶の水に浸け、洗いはじめた。

龍之介は足を洗われるとこそばゆかったが、黙っていた。

龍之介と助蔵は、足を洗うと廊下の奥の客間に案内された。龍之介も助蔵も客間の上座に座らされた。

すぐに若い衆がお茶を運んで来た。助蔵には煙草盆も添えられた。

お茶を飲んでいると、鮫吉と銀兵衛が丁吉と一緒に現われ、龍之介たちの前に座った。

「真っ昼間から、酒というわけにはいかないんで、お茶で我慢してください」

鮫吉は笑いながらいった。

「ところで、薩摩藩邸に逃げ込んだ、あのひょっとこ野郎ですが、いろいろおもしろいことが分かりました。丁吉、話してくれ」

「へい」

丁吉は座り直し、正座した。

「あっしらは、終日、薩摩藩邸に張り込んで、ひょっとこ野郎に似ている体付きの男を探り、尾っけたりしていたんですが、どうも、埒が明かない。そのうち屋敷の女中や中間小者に、親分や龍之介さんが万字屋で聞いた竹野信兵衛という名を出したら、どんぴしゃりでやした。竹野は、最近、焼酎を飲むと、どっから手に入れたのか分からないけど、ひょっとこの面を被って妙な手付き、腰付きで踊ったんだそうです。だから、それは竹野だ、外でもそんなことをやっていたのかと、みんな呆れてやした」

「竹野信兵衛は、元薩摩藩士なのか?」

「いえ。一、二年前に不祥事を起こし、蟄居を申し渡されたところ、脱藩してふけていなくなった。そのうち、京都に現われた時には、梶山云々と名乗り、尊攘の志士を自称していた。ところが、急に姿を隠し、今度は江戸に現われた。本名の竹野信兵衛に戻っていて、ただの素浪人になっていたそうです」

龍之介は訝しげに訊いた。

「竹野は脱藩したのに、どうして江戸の薩摩藩邸に出入りを許されておるのか?」

「竹野信兵衛は、藩主島津斉彬公に気に入られていたそうで、脱藩してもなんのお咎めもなしで、藩邸への出入りを許されていたらしい」

「島津公に気に入られていた理由があるだろう。わけを訊いたか」

「へい。竹野信兵衛は示現流皆伝の腕前だそうで、不祥事を起こさなかったら、斉彬公は小姓として側に置いていただろう、というほど気に入られていたようです」

龍之介は兇割りの現場を思い浮かべた。

「京都では尊攘の志士だったのが、江戸では、ただの素浪人か。竹野信兵衛は何で食っているんだ?」

「金持ちの用心棒をして食いつないでいたそうです」

「金持ちの用心棒か。凄腕の剣客なのにな。惜しい男だな。で、その不祥事というのは、何だったのだ?」

「上役の妻に手を出してしまった。それを知って怒った上役が、手討ちにせんと斬りかかったのを、反対に刀を奪い、斬ってしまったそうなんで。幸い、上役の傷は浅かったので、上役は助かったものの面目は丸潰れ、それで島津公に厳重なる処分をお願いした。その処分が、蟄居だった」

「なるほど。上役の奥方は、いかがいたした?」

「奥方は自害なさったとのことでした。そのこともあって竹野信兵衛は自宅からふけ、脱藩したそうなのです」

「ふうむ」

「まだ続きがあるのです。上役は刺客を何人か雇って、竹野を追わせた。ところが、その刺客たちは、いずれも消息を絶ってしまったそうなんで。そのうち、その上役は馬を駆っていた時、落馬して死んでしまった」

「その時、竹野は、どこにいた？」

「居所不明でしたが、翌年ひょっこりと江戸に現われたそうなんで」

「ほほう」

「その時、薩摩の知り合いの前に現われた竹野信兵衛は、別人のようだったそうです」

龍之介は、己れが竹野信兵衛のような立場になった時を想像した。

「目は落ち窪み、痩せ細って、暗い顔をしていたとでもいうのだろう？」

丁吉はにやっと笑った。

「ところが大違い、反対に竹野は暗い性格ではなくなり、人を笑わせるような冗談を飛ばす。快活明朗。体付きも、どこで鍛えたのか、四、五歳も若返ったようだった。剣術の腕も前にも増して上達していたそうなんです」

「何があったのだろう？」

「さあ、その知り合いに、竹野信兵衛は、ある藩の要路に腕を買われ、仕官の道が開けそうだといっていた。ただし、それには御前仕合いに出て、優勝するのが条件だ、といっていたそうです」

高木剣五郎と似ているな、と龍之介は思った。ただし、高木はおれを殺すために一乗寺昌輔から雇われた刺客。御前仕合いに優勝しようという竹野信兵衛とは、その点が決定的に違う。

会津藩の御前仕合いで闘った高木剣五郎も元薩摩藩士で、示現流は大目録だった。だが、竹野信兵衛は、兜割りが出来る。とすると、もしかして竹野は高木よりも強いかも知れない。

「それで、いま竹野信兵衛は、どこにいるのだ？」

「それが、竹野は、なんとこの深川に逃げ込んでいるんです」

鮫吉も龍之介も驚いた。

「へええ。それは本当か」

「へえ。親分たちが、築地に行っている留守の間に、酉蔵(とりぞう)の野郎から知らせが入りました。酉蔵たちは竹野が舟に乗ったんで、尾行できず、いったんは見失ったそうなんです。だが、その舟の船頭を捉まえ、話を聞くことができた。そうしたら、深川の掘割の三ツ目橋の船着場で下ろしたと」

「ここから近いな」

「それで酉蔵たちは虱潰しに、三ツ目橋界隈を調べたら、竹野は遊女の許に逃げ込んでいると分かったんです」

「その遊女の名は、なんていうんだい?」

「夕霧っていう遊女でやす」

龍之介は、ぎくりと驚いた。

夕霧?

夕霧は江戸へ来て、初めて懇ろになった遊女だ。夕霧などという優雅な名の遊女は、そう多くはない。

鮫吉は煙管を銜え、莨の煙を吸った。

「ああ、夕霧なら知っている。遊女にしておいてはもったいないようないい女だ」

「親分もご存じなんですかい」

丁吉はにやついた。

龍之介は心穏やかではなかった。

「ああ、振られた。三度も振られ、四度めで諦めた」

鮫吉が煙管の莨をふかしながら頭を振った。

「親分も、懲りないですね。四度もお願いしたんですかい」

「夕霧は、自分の好みの男しか相手をしない。気位の高い女だ。あんないい女に抱かれたら、極楽に行ったも同然だ。おれは、夕霧は観音菩薩様だと思っている」

龍之介は、思わず詰問口調できいた。

「丁吉、竹野は、本当に夕霧の許にいるというのか」

龍之介の怒気を含んだ声に、丁吉は狼狽え、目を宙に泳がせた。

「へい。酉蔵の野郎は、確か、そういってやした」

あの刺客の竹野信兵衛が夕霧の許にいる。

二人はどういう出会いがあったのだ？　自分が夕霧の許に通っていたら、そんなことはなかったかも知れない。

龍之介は、しばらく呆然とした。

鮫吉は驚いて丁吉と顔を見合わせた。

茶を啜っていた助蔵が目をしばたたいて龍之介を見た。

「龍之介さん、夕霧は知り合いだったのかい？」

「…………」

龍之介は答えず黙っていた。

夕霧は、龍之介を優しく男にしてくれた女だった。少し酔っていたとはいえ、夕霧は決して忘れられない女だった。

銀兵衛が煙管の首を火鉢の縁にあてる音が響いた。

それを合図に、鮫吉が声を張り上げた。

「丁吉、酉蔵にいえ。竹野から目を離すなって」

「へい。そう伝えておきやす」

「なんで竹野がわざわざ深川に乗り込んで来たのか、何かあるな」

「何かあるとは？」

助蔵は訝った。鮫吉はいった。

「おれの勘なんだが、竹野信兵衛はただ深川に隠れているんじゃねえと思っている。ひょっとこの面で顔を隠しての犯行だったが、奉行所の与力同心は、お内儀や大番頭邦兵衛の証言を聞いて、下手人は竹野信兵衛だと見て、探策するだろう。火付盗賊（ひつけとうぞく）改（あらため）も下手人捜しに取りかかる。なのに、やつは遠くに逃げず、なぜか、深川といった人目につく場所に隠れた」

「ほんとですね」

助蔵も首を捻った。

むっつりとして黙っていた銀兵衛が、突然に口を開いた。

「ところで親分。あっしには、一つ、素朴な疑問があるんですがね」

「なんでえ、突然に何を言い出す。いったいどんな疑問なんだい？」

「万字屋与兵衛は、何で殺されたんでやすかね」

「なぜ、与兵衛は殺されたのか、か？」

鮫吉はたじろいだ。

「与兵衛を殺した奴は竹野だと分かったが、なぜ、竹野が与兵衛を殺したのか理由が分からないんで」

龍之介も同感だった。兜割りという殺し方の異様さ、ひょっとこ男の刺客という異常さばかりが目立って、肝心の動機が分かっていない。

鮫吉が腕組みをしながらいった。

「普通殺しには、怨恨による復讐、金品強奪、情死、見せしめ、口封じ、財産乗取りなどがある。与兵衛殺しは、これらのどれにあたるかだな」

みんなは考え込んだ。

鮫吉は呟くようにいった。

「与兵衛殺しは、怨恨による復讐じゃあなさそうだし、金品強奪、情死にも見えねえ。財産乗取りでもなさそうだし、残るは見せしめ、口封じではねえのかな」

「口封じなら、与兵衛は何か知っていた。それは何ですかね」

鮫吉は助蔵に目をやった。

「それは、一緒に仕事をしていた助蔵さんが知っているんじゃないか?」

「与兵衛さんと一緒にいろいろやりましたが、口封じされるようなことは、あまり思い当たらないんですがね」

助蔵は首を捻った。龍之介は尋ねた。

「与兵衛さんも助蔵さんも、鉄砲や弾薬、大砲などの武器を売り買いしていた。それにからんでのことではないですかね」

「たしかに、武器売買には国と国の争いがあるから、ありえますがねえ」

「最近、与兵衛さんと助蔵さんが扱った武器売買は、何ですか?」

「それを洩らせば、それこそ相手を怒らせ、こちらの命が危なくなりますから、ここで、お話しできません」

鮫吉が笑った。

「その話せないこととか秘密の交渉の内容が問題なんだ。それを洩らさせないため、口封じするんだろうな」

「そうですね。しかし、秘密といってもいろいろあるから、どの秘密を守るために、口封じするのか、分からないなあ」

　助蔵も頭を掻いた。

　鮫吉は結論めかせていった。

「要するに、与兵衛は知ってはならぬことを知った。だから、与兵衛は何を知ってしまったのかが問題だな」

　龍之介は笑いながら頭を振った。迷宮に足を踏み入れた思いだった。

「振り出しに戻ったわけだな」

「ちげえねえ」

　鮫吉は苦笑いした。

　龍之介はいった。

「鮫吉、それがしが、いま一番ほしいのは、一乗寺昌輔の汚職の証拠、証文だ。それがあれば、兄上の汚名は晴れる」

　鮫吉もようやく混乱から抜け出した顔になった。

「よし、龍之介さん、武蔵のところに行きましょう」

鮫吉は立ち上がった。

「武蔵がどこにいるのか、分かっているのか？」

「もちろんだ。深川の岡場所は、あっしに任せな」

鮫吉は胸を叩いた。龍之介は笑いながら、立ち上がり、腰に脇差しを差した。

助蔵も立とうとした。

鮫吉が助蔵のことを手で制した。

「悪いが、助蔵さんは連れて行けねえ。ここに隠れていてくれ。あんたは与兵衛と同じく狙われているかも知れないんだから」

「しかし、武蔵が、言い逃れしたり、惚けたら……」

「そんときはそんときよ。辰巳芸者は、意気と張りが看板よ。そんじょそこらの情けない男より、男っ気がある。言い逃れするような辰巳芸者はいねえ」

「……分かった」

助蔵はまた座り込んだ。

鮫吉は銀兵衛にいった。

「おめえたちは助蔵さんを護衛してくれ。何があるかわからねえからな」

「へい。合点でやす。親分、おれたちに任せてくれ」

銀兵衛はうなずいた。

「丁吉、おまえは酉蔵のところへ行き、竹野信兵衛が動いたら、すぐに使いを出して、おれのところに知らせてくれ。いいな」

鮫吉は丁吉の背をぽんと叩き、部屋から追い出した。

「龍之介さん、行きやしょう」

鮫吉は龍之介にいい、仕舞屋の玄関に急いだ。

五

置き屋の老婆は、鮫吉とは顔見知りだった。

鮫吉と老婆の話しぶりを見ると、鮫吉は若いころから、深川でだいぶ遊んでいたらしいと分かった。

老婆は鮫吉から話を聞くと、すぐに若者（わかいもん）を呼び、武蔵がどこにいるかを尋ねた。

「じゃあ、次郎吉（じろきち）、鮫吉さんと若侍を武蔵姐（ねえ）さんのところに案内してあげな。まだ武蔵は座敷に出てないはずから」

「へえ。じゃあ、ご案内します」

若者は腰を低くして、鮫吉と龍之介に頭を下げ、置き屋を後にした。

午後の遅い時刻とあって、深川の花街は、遊興客たちで、どこの道も賑わっていた。人通りが多いところを、若者は縫うようにして、二人を案内した。

着いた先は、永代寺に隣接する庭園付きの仕舞屋だった。どこかのお大尽が贅（ぜい）を尽くして建てた家らしく、家の周りには板塀が張り巡らしてある。

庭には築山（つきやま）があり、小さな池が望めた。池には、小島があり、石の橋が渡してある。水の流れもあって、鹿威しがコーンという甲高い竹筒の音を響かせていた。

庭が見える座敷に通された龍之介と鮫吉は、ほとんど待たされることもなく、武蔵に会うことが出来た。

武蔵が廊下から座敷に颯爽（さっそう）と入って来た時、まるで一輪の白百合が風とともに入って来たように龍之介は感じた。きちんと襟元を正し、歩く姿も艶がある。薄化粧の瓜（うり）実顔（ざねがお）には理知的な広い額（ひたい）があり、濃い柳眉（りゅうび）に優しい黒い瞳が輝いていた。

龍之介は一目見て、武蔵という女に魅せられた。

小股（こまた）が切れ上がった女、とは、武蔵のような女をいうのだろうと、龍之介は思った。

武蔵は形のいい唇に笑みを浮かべた。

「わざわざ会津掬水組の親分さんの鮫吉さんと、若侍の……?」

「会津藩士望月龍之介でござる」

「まあ、私は武蔵と申します。お見知りおきを」

「武蔵様、少々、お訊きしたいことがあり、お伺いいたしました」

鮫吉が堅くなっていった。

「あまり時間がありません。置き屋の女将さんから、どうしても、といわれたので、お会いしましたが、まもなく、お座敷に上がらねばならない刻限なのです。ご用件を単刀直入にお話ししていただけますかしら」

「はい。それがです、たいへんお聞きしにくいのですが」

鮫吉が武蔵を前にして、しどろもどろになって説明しようとしている。

武蔵は小首を傾げ、鮫吉を見据えていた。黒目勝ちな大きな瞳がじっと鮫吉に注がれた。

龍之介は手を上げ、武蔵の注意を自分に向けた。

「若侍さん、なにかしら」

「武蔵さん、単刀直入に申し上げます。あなたは、過日、我が藩の若年寄一乗寺昌輔が、エゲレス商人と何事かの商取引をする場所に同席なさいましたね」

武蔵は、口に手をあてて笑った。

「はい。たしかに同席しました」

「一乗寺昌輔は、そのエゲレス商人……」

「ジョンソンさんです」

「そのジョンソンと、一乗寺昌輔は何を取引したのですか？」

「それは秘密らしいですよ。一乗寺昌輔様は、私に内緒だといってましたし、私に口外無用だと厳命してました。私は、そんな命令は無視しますすけど」

「はあ？　無視するですすと？」

鮫吉が目を丸くした。

「だって聞いていたら、正式契約の売買価格をごまかす密約ですもの。私は昌輔に、そんなことをしてはだめといったのに、おまえは黙っていろと怒鳴る。昌輔も昌輔だけど、相手のジョンソン領事も最悪。二人とも、公金を横領しようと結託しているのですからね。私は出るところに出たら、証言しますから、と昌輔にはいったのです」

龍之介は武蔵の悪怯(わるび)れない堂々とした態度に敬服した。

「相手のジョンソンは」

「ジョンソンにも、私はいいました。彼も昌輔同様、笑っていましたけど」

龍之介は畳みかけた。

「その時、一乗寺昌輔とエゲレス領事ジョンソンが契約した証文を、昌輔から取り上げて、持ち去ったというのは本当ですか？」

「誰から、そんなことを聞いたのかしら」

「いえません。いわない約束ですので」

「きっと兄のジョン・スネルね。ジョンには話したことがあるから」

武蔵は笑顔でいった。笑窪があった。

「認めるわ。私が隠してある」

「何を売買する取引なんですか？」

「銃よ。清との戦争に使って、いらなくなった中古品の銃を、昌輔の藩が千挺も仕入れるという契約」

「千挺も」

龍之介はふと父牧之介が銃を仕入れる交渉をしていたのを思い出した。

「でもね。おもしろいのよ。千挺で契約したのに、実際に入荷する銃は五百挺しか入らない。そういう話をしている」

「数字をごまかしたのですかね」

「五百挺は、横流しして、他の藩に売る、そういう取引の証文」

「昌輔は、どこの藩に横流しするつもりなんですかね？」

「それはジョンソンがほかの藩と交渉するみたい」

「どこですかね」

「ジョンソンは、長州藩や薩摩藩とも仲がいいから、そういう藩じゃない」

「でも、会津藩が買った銃でしょう。それを横流しして」

「昌輔やエゲレスのジョンソンが、儲けるわけ。ひどい話でしょ。そういうことを裏付ける証拠の証文」

　武蔵のあっけらかんとした裏話に、龍之介は唖然とした。

「その証文、譲ってくれませんか。会津に持ち帰って昌輔を訴える証拠にしたいのです」

　武蔵は気の毒そうにいった。

「気持ちは分かるけど、私を信じて預けた昌輔やエゲレスのジョンソン領事との恩義がある。渡したいけど、彼らもそれで国や藩を裏切ったと責められると、私も困る。正式な評定になって、証拠として採用されると決まれば、話は別だけど。ともかく、いまはだめです」

　龍之介は鮫吉と顔を見合わせた。

「実は、藩の銃の売買をめぐることで、それがしの父は、藩への抗議を込めて切腹し、兄も同じく昌輔に諫言して、汚職を止めさせようとしたのですが、逆に陰謀工作をされて、斬死したのです」

「まあ。そんなことがあったのですか。お気の毒に」

「父は望月牧之介、兄は望月真之助といいます。聞き覚えはありませんか」

武蔵は眉根をひそめ、思案顔をした。

「お兄さんの望月真之助さんの名前を聞いたように思う。会っているかも知れない。昌輔から聞いたように思う」

「なんといっていましたか？」

龍之介は身を乗り出した。

「忘れた。機会があったら、昌輔に、何があったのか聞いてみる」

鮫吉が訊いた。

「武蔵さんは、万字屋与兵衛をご存じですか？」

「与兵衛さん？　何をなさっている方ですか？」

「万字屋与兵衛は、武器商人で、銃弾薬の売り買いをしていて。エゲレス商人やフランス商人と取引していたのですが、先日、竹野信兵衛という侍に殺されたのです」

「まあ。どうして?」

「わけがわからないので、調べているのです」

「ジョンソンから、その与兵衛という名前を聞いたような気がする。たしか、エゲレスとの取引を蹴って、フランスとの取引をしたとか。それでジョンソンは激怒していた」

「そんなことがあったのですか」

鮫吉は龍之介の顔を見た。

廊下に若者が現われた。

「姐さん、そろそろ、お座敷の方へお願いします。お客さまがお待ちです」

「はい。いま行きます」

武蔵は龍之介と鮫吉に「では、ごめんなさいね」と立ち上がりかけた。

龍之介は頭を下げた。

「最後に、もうひとつお願いがあります。せめて、証文を見せていただけませんか」

武蔵はちょっと考えた。

「そうね。見せるだけなら、いいわ。揃えておくから、後で来て」

「いつがいいでしょうか?」

「二、三日中に。またおいでください。今度は、お座敷に呼んでくださいな。龍之介様」

武蔵は龍之介に大きな目で、うなずいた。

武蔵はそそくさと座敷を出て行った。

龍之介と鮫吉は、出て行く武蔵の後ろ姿に見蕩れていた。

「龍之介さん、今度、武蔵を座敷に呼ぼうぜ」

「はっきりいう人ですね」

「あれが、辰巳芸者の意気と張りってえもんだ。いい女だなあ」

鮫吉は武蔵にぞっこん惚れこんだ様子だった。

六

外は薄暮が迫っていた。

蟬の声も低くなっていた。

武蔵の仕舞屋を出てまもなく、龍之介は立ち止まって鮫吉にいった。

「鮫吉、それがし、野暮用で寄るところがある。先に帰ってくれ」

「寄るところって。まあ、龍之介さんだって、たまの休みだ。楽しみたいものな。ようがす。行ってらっしゃい」

鮫吉はにやりと笑い、手を上げると、通りを歩み去った。

龍之介は、通りの居酒屋や料理屋、旅籠(はたご)の街並を見回した。しばらく来ないうちに、町は少し変わったように見える。どこが違うのか、はっきりとはいえないのだが、違っているのだ。

見覚えのある料亭があった。料亭だが、奥に客が泊まることが出来る小部屋がいくつかある。龍之介はそうした部屋の一つで、夕霧と過ごした。いまも夕霧は、この料亭の奥にいるのだろうか。

「龍之介さん」

龍之介は突然、腕を引かれ、路地に連れ込まれた。丁吉だった。

「どうして、こんなところに」

「うむ。夕霧に会いたくなってな」

丁吉はにたにたと笑った。

「例の竹野って野郎がしけ込んでいるんですぜ。邪魔しちゃあまずいんじゃねえですかい」

「うむ。夕霧と男はどこにいるんだ？」

「料亭の奥の部屋です。一番奥の部屋でさあ」

龍之介は料亭の玄関先を睨んだ。

龍之介は意を決して歩き出した。

「龍之介さん、どうするんで」

「夕霧を訪ねる。竹野信兵衛という男が、どんな男かこの目で確かめる」

「やべえですよ。やめてください。斬り合いになる」

「大丈夫だ。斬り合いはしない」

龍之介は料亭の前に立ち、障子戸を引き開けた。暖簾をはねあげ、店内に足を踏み入れた。丁吉は、ついて来なかった。

「いらっしゃいませ。お一人ですか」

仲居が愛想笑いを浮かべ、席に案内しようとした。

「済まぬ。夕霧を呼んでくれぬか」

「夕霧さんですね。夕霧さんは、いまお客さんと一緒でして……」

料亭の座敷に通じる廊下に、浴衣姿の男と女の影が出て来た。女は幸せそうに男の腕にすがって歩いて来る。

夕霧だった。男は夕霧の陰になっていて顔は見えない。だが、侍だった。

「夕霧」

龍之介は思わず声をかけた。

夕霧は一瞬足を止め、驚いた顔になった。

「龍之介さん」

「誰だい？」

後ろから、見覚えのある男の顔が現われた。

「おまえは……」

高木剣五郎だった。少し痩せたようだが、顔は御前仕合いの時と変わりはない。引き締まった軀付きをしている。

龍之介は言葉が出なかった。

「なんと望月龍之介ではないか」

「あら、あなた、龍之介さんをご存じだったのですか」

「まあ、知っているといえば、知っているが、言葉を交わしたことはないんだ。仕合いで会っただけだから」

「仕合いのお相手ですか」

夕霧はうれしそうに笑った。

丸顔の愛らしい顔をしている。優しい眼差しは前と同じだった。

「夕霧、それがしを正式に紹介してくれ」

「こちら、竹野信兵衛様です。そして、こちらが……」

「うむ。望月龍之介だ。よろしく」

「こちらこそ。夕霧と懇意だったとは、知らなかった」

「いや、親しいというほどではない、ただの知り合いだ」

龍之介は夕霧にうなずいた。

「夕霧、元気そうで何よりだ。安心した」

「龍之介さんも、お元気そうで何より」

「望月、風呂に行かないか。わしら、汗をかいたので、風呂に入りたい」

二人は手桶を抱えていた。

「話もある」

「よかろう」

龍之介は、うなずいた。

夕霧を挟んで三人は並んで歩いた。

夕霧は高木の袖を握っていた。三人はたわいない話に興じていた。ふと、気が付くと、路地をうろつく丁吉や酉蔵の姿があった。

湯屋は込み合っていた。

龍之介は高木と並んで軀に湯をかけた。

「どうして、竹野信兵衛と名乗っているのだ？」

「竹野信兵衛は、おれの本名だ。一時自分を捨てて、変わろうとしたことがある。高木剣五郎は、その時の名前だ」

「おれは高木剣五郎という名前の方が好きだ」

「夕霧もそういっている」

竹野は笑った。

「話したのか。高木と名乗っていたころの話を」

「まあな」

龍之介は、竹野信兵衛こと高木の軀が傷だらけなのに気付いた。いずれも、刀傷か打撲によるあざだった。竹野も龍之介の軀を見回して笑った。

「望月、おぬしも荒ら修行をやったくちだな。傷だらけじゃないか。相当苦労したな」

「おぬしも、苦労したようだな」

「ああ。嫌なこともいっぱい体験した」

「それがしも。いまは刀を持つと腕や手が震えるようになった」

「おぬし、人を斬ったな」

「うむ。それ以来、腕が震えるんだ。もう、人を斬りたくない。だから、刀は抜かないと心に決めた。おぬしも……」

龍之介は言いかけてやめた。竹野信兵衛は与兵衛を斬った。ほかにも大勢斬っただろう。

「おれも、一時期、刀を捨てた。だが、また握るようになった」

「夕霧とは、どうするのだ？」

「あいつは不幸な目に遭ってきた女だ。おれが幸せにしたい」

「うむ。そうしてくれ」

龍之介は、なぜ与兵衛を斬ったのか、竹野に聞こうと思ったが、夕霧の話が出てつい聞きそびれてしまった。

龍之介は湯から立ち上がった。

なぜか、涙が出た。龍之介は桶の水で顔を洗った。

湯屋の前には、浴衣姿の夕霧が待っていた。

二人は盛んに、夕食を一緒にと誘ったが、龍之介は婉曲に断って別れた。

振り返ると、寄り添った二人が龍之介に手を振っていた。

龍之介は胸を張って、前を向いて歩いた。後ろは振り向かなかった。

七

明日は講武所に帰るという夜、けたたましい半鐘が鳴り響いた。龍之介ははっと目を覚ました。

丁吉が組の詰め所に飛び込んできて叫んだ。

「親分、てえへんだ！　竹野の野郎が、夜中に抜け出して武蔵の家に火を付けやがった」

「なんだと。みんな、起きろ。火消しだ」

鮫吉の怒鳴り声が轟いた。

龍之介は飛び起き、脇差しを腰に差して深夜の街に飛び出した。

　鮫吉も銀兵衛も丁吉たちも、直ちに火消しの格好をして飛び出して行った。

　龍之介たちが武蔵の宅に駆け付けた時には、炎が仕舞屋を包んでいた。仕舞屋のあちらこちらから、火の手がめらめらと上がりはじめた。

　龍之介は、武蔵はどうしたか、と心配でならなかった。桶の水を火元にかけたり、家屋を打ち壊す手伝いをしているうちに、燃え盛る家の中から女の悲鳴が上がるのを聞き付けた。

「まだ逃げ遅れた女がいる」

　龍之介は井戸端に駆け寄り、井戸から水を汲み上げ、頭から桶の水を被った。ひんやりとした水の感触が小袖の襟の間から胸元に流れていく。月代を濡らした水は髪にも広がっていく。

　龍之介は、これから飛び込む炎の海を睨み、もう一杯桶の水を頭から被った。

「お侍、危ねえ！　飛び込むのはおやめなせえ。死ぬぜ」

　火消しの男が走って来て龍之介を止めた。

「止めるな。まだ中に女がいるんだ」

　轟々と音を立てて燃える炎の中から、女の悲鳴が聞こえた。その声が次第に小さくなっていく。

「火消し、おぬしの鳶口を寄越せ」

龍之介は火消しの男の手から鳶口を奪うようにもぎ取った。

「火消し、五十数えたら龍吐水で炎に水かけて逃げ道を切り開いてくれ。頼む」

表の通りから火消したちがばたばたと駆け付けてくるのが見えた。

「ようがす。てめえら、龍吐水の用意しろ。できるかぎりの水桶を持って来い」

龍之介は火消しの怒声を背で聞きながら、炎の壁に向かって突進した。燃え盛る炎の直前で、鳶口を突き、炎の上を飛んだ。途中、炎の中に落ちそうになったが、鳶口で地面を突き、その反動を使って、さらに炎の上を越えた。

炎の壁の向こう側に、まだ炎が回っていない小さな庭園があった。その庭の池の小島に武蔵が呆然と立ち尽くしていた。池の水面に周囲の炎が反射し、武蔵はまるで炎の中に立っているように見える。

「武蔵、助けに参ったぞ」

龍之介は炎の熱さに押されるようにして、池に飛び込んだ。大きく水面が揺れ、さざ波が炎に映えて、炎の海がますます広がったように見えた。

池は浅く、膝ほどの水位しかないが、炎にあぶられた軀を浸けて冷ますには十分な深さだ。龍之介は池の中で腰を落とし、全身に池の水を浴びた。

「龍之介様？」

武蔵は、池の中に立った龍之介に目を向け、妖艶に微笑んだ。いや微笑んだように見えたが、揺らめく炎の光があたってそう見えたのかも知れない。

龍之介は鳶口を池端に放り投げ、武蔵に背を向けて近付いた。

「さ、それがしの背に」

「……そなた、私を背負って炎に飛び込み、私と一緒に死のうというのか」

「いえ、おぬしを助け、それがしも生き長らえようと思います。さ、早く背に」

龍之介は背を武蔵に向け、ずるずると池の中を後退した。

武蔵は、白い顔を龍之介に向けた。

「なぜ、わたしを助けようとする？」

「それがし、誰であれ、救けを求める人を見殺しにはできません。義に反します」

「武蔵だから救けに来たのではないのか？」

「さ、背に。急いで」

「……そうだったら嬉しかったのに」

龍之介は武蔵の両太股を抱え持ち、池の中を歩き出した。

「御免」

思った以上に華奢な軀だった。武蔵は炎の熱を浴びていたせいか、燃えるように軀が熱かった。

武蔵は龍之介の背に、そっと頬を寄せた。熱い吐息が首筋にかかった。武蔵がそっと耳元に囁いた。

「…………」

よく聞き取れなかった。

池から上がった。目の前の炎が多く揺れ、炎の中から黒い人影が飛び出した。影はひらりと身を翻し、龍之介と武蔵の前に立ち塞がった。

「龍之介、おぬしたちは行かせぬ」

竹野こと高木剣五郎だった。高木は、すらりと腰の剛刀を抜いた。右下段斜めに太い刀身を引いて構えた。

龍之介は燃え盛る炎の壁の暗い箇所を目で探した。暗いところは火力が弱い。

「どけ、高木、邪魔するな」

「武蔵を置いて行け」

「ならぬ」

龍之介は武蔵を背負ったまま、高木の脇を抜けようとした。だが、高木が目の前に移動し、行く手を妨げる。

「龍之介、ならば、それがしを倒して行け」

「断る」

「では、こちらがおぬしたちを斬るまで」

高木は重い剛刀を振り上げた。龍之介は咄嗟に池端の砂地に武蔵もろとも転がった。背負っていた武蔵から離れ、池端に投げ捨てて置いた鳶口を手に取った。

龍之介の鳶口を持った右腕がぶるぶると震えはじめていた。

こんな時に、なぜ、震え出すのだ？

龍之介は、左手で右腕を押さえながら、低い姿勢で高木に対した。高木は冷ややかに笑った。めらめらと燃える炎に照らされ、高木は悪鬼（あっき）と化していた。

高木は剛刀をゆっくりと上段に振り上げていく。

龍之介は鳶口を両手で持ち、青眼に構えた。鳶口の鉤が小刻みに震えている。

「龍之介、怯えたか。刀を抜け」

龍之介は鳶口を高木に向けたまま、押されて、じりじりと砂地を下がった。高木も砂地に足先を潜らせて進む。足の後ろが池端の石にかかった。

一瞬、空気が揺れた。音もなく剛刀の刃が龍之介に振り下ろされた。

龍之介は鳶口で剛刀を弾き、受け流そうとした。鳶口の樫の棒がすっぱりと斬られて落ちた。

龍之介は飛び退いたが、手には斜めに斬られて半分になった棒切れしかなかった。足元の砂地に、残り半分の棒切れが転がっていた。高木は笑った。

「龍之介、刀を抜け」

「嫌だ。もう人は二度と斬りたくない」

「まだ餓鬼だな。おれは斬る」

いきなり高木はくるりと身を回した。剛刀が回転してひらめき、高木の軀の背後に振り下ろされた。

そこには、懐剣を構えた武蔵が立っていた。武蔵の軀が裂けて、その場に崩れ落ちた。大量の血が噴き出して砂地を染めた。

「な、なんてことを」

龍之介はぶるぶる震える右腕を抱えて唸った。

「遅かれ早かれ、おれが武蔵を殺すことになっていた」

「なぜ、武蔵を……」

「恩ある人の密命だ」

「与兵衛を斬ったのもか⁉」

「しかり」

「その恩ある人とは誰だ？」

高木は笑いながら剛刀を下げ、刀の背を手で叩いて、血を落とした。

「誰かは言えぬ。龍之介、まだ刀を抜く気はないか」

「ない」

「おれに黙って斬られるというのか」

「人を斬るよりも、斬られる方がましだ」

龍之介は、高木を睨んだ。高木はふっと笑った。揺れる炎の光を浴び、高木の顔が斑に歪んだ。

「では、仕方がない。おぬしも、夕霧の後を追わせて冥途に送ってやる」

「なに、おぬし、夕霧も殺したのか」

「ああ、殺った。夕霧は泣いて死にたくないと叫んでいたよ。おれは、夕霧をこの世に残して逝くのは可哀相になってな」

おのれ！　おのれ！

龍之介は怒りで全身が震え出した。

あの優しかった夕霧を、生きたいと泣いて叫んだ夕霧を無情にも斬ったというのか。

許せぬ、許せぬ、高木剣五郎。

龍之介の顔は憤怒で真っ赤になった。

「怒ったか、龍之介」

高木はまた、ふっと笑った。

おのれ、おのれ。

龍之介は左手で脇差しを握って押し上げ、鯉口を切った。

「ようやく、刀を抜く気になったらしいな。そうでなくては、斬る気にならぬ」

「……………」

だが、柄を握る右手が震えて止まらない。このままでは、脇差しを抜いても、まともには戦えない。

「龍之介、おぬしに冥途の土産に、兜割り、見せてやろう」

高木剣五郎は笑みを止め、真顔になった。剛刀を龍之介に向け、ゆっくりと上段に上げはじめた。

龍之介は左手で、震える右腕を抱えた。

生きて、お願い死なないで！

奈美の声が聞こえた。懐に仕舞ってある奈美の簪が震えていた。

龍之介は、懐から簪を取り出した。簪を震える右腕に突き刺した。

高木の刀が上段から振り下ろされた。

真剣は空を切る音も過る気配もしない。

龍之介は咄嗟に、高木の懐に入った。軀を回しながら脇差しを抜き、高木の胴を払った。すべてが一瞬の間のことで、水が流れるような動作だった。

龍之介は高木の軀の脇をすり抜け、刀を右下段後方に下ろして残心した。背後で高木が腹を抱えて崩れ落ちた。

周囲の炎の音が龍之介の耳に戻った。炎はやや下火になっていた。簪が刺さった右腕は震えがやんでいた。

龍之介は振り返り、高木を見下ろした。簪を腕から引き抜いた。

高木は血が噴き出す腹の傷口を押さえて、苦しんでいた。

龍之介は抜き身を構え直した。

「高木、介錯いたす」

高木は口から血の泡を吹きながらいった。

「待て。龍之介、……夕霧は生きている。幸せに生きてほしい……」

「高木、嘘をついたのか」

「おぬしを怒らせるためだ」

「なぜに」

「……武士ってえのは、哀しいものよな」

高木は笑いかけ、血反吐(ちへど)を吐いた。

龍之介はしゃがみ込み、高木の頭を抱え上げた。

「苦しいか」

「……龍……いまの技、何だった?」

「真正会津一刀流の『引き潮(しお)』。汐(しお)が流れるように……」

「…………」

高木は最後まで聞かずにがっくりと頭(こうべ)を垂れた。

そうか。高木剣五郎は、初めからおれに斬られて死ぬ気だったのか。

高木剣五郎は、武士として、誰かに命じられた通り、与兵衛を斬り、武蔵を殺す密命を果たした。だが、高木は、人を斬る人生が嫌になったのだろう。

「馬鹿野郎!」

龍之介は天を仰いで叫んだ。

下火になった火事場に鮫吉たちと火消しがどやどやっと踏み込んで来た。
東の空が白みはじめていた。やがて、夜が明ける。
龍之介は高木剣五郎の亡骸に手を合わせた。

参考文献

早乙女貢著『会津士魂』シリーズ（集英社文庫）
星亮一著『会津武士道「ならぬことはならぬ」の教え』（青春新書インテリジェンス　青春出版社）
星亮一著『偽りの明治維新』（だいわ文庫）
中村彰彦著『会津武士道』（PHP文庫）
中国の思想『孫子・呉子』（村山孚訳・徳間文庫）

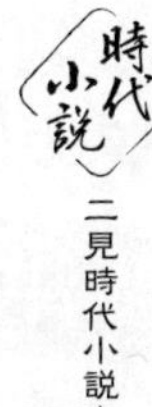

二見時代小説文庫

江戸の迷宮 会津武士道5

二〇二三年 六 月二十五日 初版発行

著者 森 詠

発行所 株式会社 二見書房
〒一〇一-八四〇五
東京都千代田区神田三崎町二-一八-一一
電話 〇三-三五一五-二三一一 [営業]
〇三-三五一五-二三一三 [編集]
振替 〇〇一七〇-四-二六三九

印刷 株式会社 堀内印刷所
製本 株式会社 村上製本所

落丁・乱丁本はお取り替えいたします。定価は、カバーに表示してあります。

ISBN978-4-576-23069-6
https://www.futami.co.jp/

森詠

会津武士道 シリーズ

以下続刊

①ならぬことはならぬものです　⑤江戸の迷宮
②父、密命に死す
③隠し剣 御留流
④必殺の刻

江戸から早馬が会津城下に駆けつけ、城代家老の玄関前に転がり落ちると、荒い息をしながら「江戸壊滅」と叫んだ。会津藩上屋敷は全壊、中屋敷も崩壊。望月龍之介はいま十三歳、藩校日新館にて文武両道の厳しい修練を受けている。日新館に入る前、六歳から九歳までは「什」と呼ばれる組で会津士道に反してはならぬ心構えを徹底的に叩き込まれた。さて江戸詰めの父の安否は？

剣客相談人（全23巻）の森詠の新シリーズ！

牧 秀彦

北町の爺様

シリーズ

以下続刊

① 北町の爺様1 隠密廻同心
② 北町の爺様2 老同心の熱血
③ 北町の爺様3 友情違えまじ

隠密廻同心は町奉行から直に指示を受ける将軍にとっての御庭番のような御役目。隠密廻は廻方で定廻と臨時廻を勤め上げ、年季が入った後に任される御役である。定廻は三十から四十、五十でようやく臨時廻、その上の隠密廻は六十を過ぎねば務まらない。北町奉行所の八森十蔵と和田壮平の二人は共に白髪頭の老練な腕っこき。早手錠と寸鉄と七変化を武器に老練の二人が事件の謎を解く！「南町 番外同心」と同じ時代を舞台に、対を成す新シリーズ！